心病む母が遺《のこ》してくれたもの

精神科医の回復への道のり

Ikuko Natsukari
夏苅郁子

日本評論社

刊行によせて

中村ユキ

「現在私は精神科の医師をしていますが、私の母も統合失調症でした。もしかなうならば、一度お会いすることはできますか。」

出版社に届いた一通の手紙が、夏苅先生と交流をもつキッカケでした。同じ精神障がいの親をもつ「子ども」で、しかも「精神科医」……。

夏苅先生は、親の病気を治すために精神科医になったのだろうか。そんな疑問と、「治療者」となった「子ども」の話を聞いてみたいという好奇心が疼《うず》きました。

品川駅で待ち合わせをしているとき、「医者をマンガの擬音《ぎおん》で表現するならば『デン！（威厳《いげん》がある）』とか『ほんわ（優しそう）』とか『キリッ！』『ビシ！（切れ者、自信家）』そんな感じかしら」と考えていると、実際に現れた夏苅先生は、どこか儚《はかな》げで消えてしまいそうな雰囲気で……小さな細い文字で『そっ……』という擬音を入れたくなるような女性だなぁと、少し心配にもなったのが初めて会った時の印象でした。

その日は、お互いにこれまでの人生と心の内を語りつくしました。「わかる!」「私も同じ」と言える安堵《あんど》感、「私は違ったとらえ方をした」という新しい発見。相手の生き様や価値観を知ることで、自分をより深く理解できるという感覚を私は実感したのです。

その後、母親が統合失調症であると公表して学会や講演会などで発言されるようになった先生は、出会ってから三年が経った今、別人のような印象です。明るく元気で凛《りん》とした空気をまとい、「キラキラ」という擬音が似合いそうだと思う私は「人ってこんなに変わるものなのだ」と驚いています。そして、自分の変化についても考えるようになりました。

「心(考え方)が変われば、運命も人生も変わる」「聞く耳を持つにはタイミングが必要」

夏苅先生が本書で述べられている言葉ですが、ハッとさせられ、心に響きます。

私が四歳の時に母は統合失調症を発症しましたが、当時誰からも病名や病気の説明をされないまま、家族に無関心で不在がちの父に代わって私が病気の母と向き合わねばならなくなりました。

私が十歳になると、幻聴や妄想に従って行動する母に「殺す」「死ね」と言われ、包丁でたびたび追われる生活になり、安心して眠ることもできない状況でした。

そんな生活も十年が過ぎ、二一歳になった私は生きることに疲れ切っていました。その時に私を救ってくれたのは、仏陀の説いた「四苦八苦」という言葉。

四苦とは生・老・病・死で、八苦はこの四苦に愛別離苦《あいべつりく》【愛するものと別れる苦しみ】・怨憎会苦《おんぞうえく》【憎しみを感じるものと出会う苦しみ】・求不得苦《ぐふとっく》【求めるものが得られない苦しみ】・五陰《ごおん》盛苦《じょうく》【色（肉体・物質的）、受（感覚・印象）、想（知覚・想像）、行（意思・記憶）、識（認識・意識）の苦しみ】を加えたもので、簡単にいうと「生とは辛《つら》く苦しい世界なのだ」ということ。まさに、生きることに苦しんでいた私には、「この苦しみは仕方ない、当たり前の生きている証《あかし》なのだ」と不条理《ふじょうり》な人生を割り切るのに役立つ教えでした。

その頃、絶望的な気分にさせられ大嫌いだった言葉は、世間でもよく聞かれる「生きてりゃ、いつか幸せも来るよ」です。「幸せ」を実感できない生活と、常に将来への不安を抱え、希望なんて見えない生活を続けてきた私には、上っ面だけを見て慰めるキレイゴトの言葉にしか思えなかったのです。当時の私は母に関して「何をやっても無駄《むだ》」「私か母の死が問題解決の方法」と投げやりな気持ちでした。

人は自分の経験から、物事を考える傾向があるように思います。私は母の発症から二五年目にして、はじめて統合失調症という病気の詳《くわ》しい説明を受けることになったのですが、知識と正しい対応を知ることで、統合失調症との付き合い方が上手《うま》くなり、母の体調が安定するようになると、穏やかな時間を過ごせるようになっていきました。「正しく動けば状況が良くなる」という成功体験は、「何をやっても無駄」から「どう動けば変われるか？」と考えるように私を変化させたのです。

「心が変われば人生も運命も変わる」

母との人生がよりよく変わり始めたのは、この頃からです。そして、「母のことも一緒に」と受け入れてくれる主人と巡《めぐ》り会い、平凡に暮らす中で、「生きてりゃ、いつか幸せもくる」という言葉も受け入れられるようになりました。私がこの言葉に聞く耳をもてる「タイミング」が訪れたのだと思いました。

本書の中では、「花街の人」や「すみちゃん」「柏木先生」など、人との出会いが夏苅先生の心に変化を与える様子が色濃く描かれています。統合失調症のお母様の気持ちも振り返りながら、「家族」としての葛藤《かっとう》を乗り越え、「精神科医」としても変化していく姿は、統合失調症にどう向き合っていけば良いのかを知るのに、とても参考になりました。また、実体験による「こうあって欲しい」と願う精神科医療についての提言は、私も「そうなんです」と心から願うことばかりで、精神科医療に関わる人みなに知ってもらいたいと思いました。

私は夏苅先生のお母様が亡くなってしまっていると聞いた時に、今生きている母に優しくしてあげよう、素直な気持ちを伝えていこうと思うようになりました。こう思うようになってからは、母の精神症状が出た時でも、心が苛立《いらだ》ちで揺れなくなって驚いています。

私も先生との出会いで、新たに生きやすくなるために変化できたようです。

最後に、現在葛藤中のみなさんへ……。

「人が回復するのに締切はありません」

私に届いた先生のメッセージ、みなさんの心にも届きますように。

二〇一二年七月

心病む母が遺してくれたもの・目次

心病む母が遺してくれたもの

序章

私の母は、私が一〇歳の時に統合失調症《とうごうしっちょうしょう》を発症しました。

「統合失調症」――みなさんはどんな病気かご存じですか？

以前は、発狂するとか気がふれたなどと言われていた「精神の病気」です。二〇〇二年までは「精神分裂病」と呼ばれていました。

「精神分裂病」――なんと恐ろしい響《ひび》きでしょうか。でも、この病《やま》いの一端を的確に表わしてもいるのです。

病気になってからの母は、日中は穏《おだ》やかで優しかったのですが、夜になると目が爛々《らんらん》として鋭くなり、一晩中眠らず、意味不明の独《ひと》り言《ごと》を言いながら部屋中を歩きまわっていました。まるで別人のようでした。声をかけるのも怖《こわ》くて、子どもだった私は息をひそめ、布団《ふとん》の中でじっと寝たふりをしていました。

母が精神の病気にかかっていたとは家族の誰も気づかなかったので、病院にかかるのが遅れました。私が母の病名を知ったのは、母の発病から二〇年も経《た》ってからでした。皮肉《ひにく》にもその時、私は精神科医になっていました。

母は七八歳で急死しました。一人暮らしの母の部屋で遺品《いひん》を整理していると、母の残した句集が出てきました。

「生か死か二つに一つ隙間風《すきまかぜ》」は『第一句集　柳絮《りゅうじょ》飛ぶ』の中の一句です。この句の中に、私は精神の病いに対する世間の偏見と闘いながら、決して誇りを捨てずに生き抜いた母の覚悟を見たような気がしました。

私はこの本を、精神を病む人の家族として、そして日々患者さんと関わる精神科医としての二つの立場を経験した者として、世間一般の方々に精神疾患について理解してほしいとの願いを込めて書きました。

患者さんやそのご家族には、精神疾患を恥じたり隠したりしなくてすむ日本をともに創《つく》りましょう、との呼びかけを込めて書きました。

そして同時に、この本は統合失調症という精神の病いに苦しみながら、たった一人で生への誇りを捨てずに生きぬいた一人の女性の物語でもあります。

この本を読んで、今まさに病いの途上にある当事者の方も、そしてまた精神の病いだけではなくさまざまな挫折に負けそうになっているあなたへ、「人生って素晴《すば》らしい！」と思えるような日が来ることを、心から願います。

かつての私自身が、そうであったように――。

本書でとりあげた事例は、本人の同意を得ており、プライバシー保護のため若干の改変を加えています。

第1章 母の生い立ち

私の両親

私の母は北海道で生まれました。近所の人を相手に小口の金貸しをしていた父親と、専業主婦の母親との間にできた一人娘でした。母には兄がいたそうですが、ごく小さい時に病気で亡《な》くなったと聞いています。

母の母親（私の祖母）は、人が良いだけが取り柄といったような素朴《そぼく》な人でしたが、母の父親（私の祖父）はかなり変わり者だったらしく、自分以外の人間は、たとえ家族でさえも信じようとせず、お金は自宅の床下に隠《かく》し、夜中に家人が寝静まってから一枚、二枚とお札を数えているような人でした。

母は、子どものころから無口でおとなしく、小学校の時には「緘黙《かんもく》」（誰とも口をきかなくなる状態）になったことがありました。精神の病いを患《わずら》う方の病前性格は、母のようなタイプの方が多いようです。自己主張できずにストレスを溜《た》めて、自分を抑《おさ》え込《こ》んでしまうタイプです。

母があまりにしゃべらないため、小学校の担任は知能が遅れているのではないかと懸念《けねん》したようです。それを聞いた親は、学校から泣いて帰ってきたこともあったそうです。でも、実際の母は勉強がよくでき、女学校を卒業した後に准看護師や衛生管理士の資格をとりました。そして製薬会社の健康管理部に勤め、そこで私の父と出会って結婚しました。近所でも評判の美人だったのですが、父の猛《もう》アタックに押し切られ、一人娘にもかかわらず北海道を離れ、お嫁に行きました。

❖

しかし、父は結婚後すぐに浮気をはじめました。父は、母親が年をとってから生まれた末っ子で、かなり甘やかされて育った人でした。幼い頃の父の実家は、お手伝いさんが三人もいるようなお金持ちで、父親にはお妾《めかけ》さんもいましたが、その父親が早くに亡くなって家が没落《ぼつらく》したことなどが、父の放蕩《ほうとう》の背景にはあるのだと思います。

父はなかなかの美男子で、女性にかなりもてる人でした。子どもの頃、〝すすきの〟という歓《かん》楽街《らくがい》を父と一緒に歩いていると、あちこちに立っているきれいな〝夜の蝶《ちょう》〟らしきお姉さんたちから「う～さん！」と声がかかりました。そうか、父の姓が「う」のつく名前だから「う～さん」になるんだな、と私は子どもながらに納得して、奇妙なことを覚えてしまいました。

私が物心つく頃になると、父が家へ帰ってくることは月に数回しかありませんでした。女性のところに泊《と》まっているか、徹夜《てつや》マージャンをしているかのどちらかでした。お給料もきちんと家に持って帰りませんでしたので、母がお財布《さいふ》をのぞいて溜息《ためいき》をついていたのを覚えています。

今だったら、そんな夫に愛想《あいそ》をつかしてさっさと離婚して実家に帰ってしまうのでしょうが、母の時代は離婚して実家に帰ってくるようなことになれば、そこで人生は終わってしまうかのように考えられていました。また私の祖母が、母が嫁《とつ》いでしばらくして脳出血で急死し、実家に後妻さんが入ってきたことも、母が離婚に踏み切れない原因でした。

母の「発病の種」

自分が精神科医になって、たくさんの患者さんを診《み》るようになり、さらに母のことを公表してからは、どんな病名であれ「症状には必ず意味がある」と考えるようになりました。周囲の人々にとっては「とるに足《た》らない出来事」であっても、当人の心に傷を残したままでいると、それが後に精神の病いの「種」になるように思います。

母の病気の種は、人間嫌いだった父親の影響下で育ったことと、不幸せな結婚生活だったと思います。大人になって、この意味に気づいた私は、母と同様に女性として、妻の立場として、母の悔しさや苦しみがわかるようになりました。すると、あれほど忌《い》み嫌っていた母の病気や母の行動にも共感できるようになっていきました。

私は、精神科医の役割はただ単に患者さんに薬を出すことではなく、患者さんさえ気づかなかった病気の種を一緒に探し、病気になった意味づけをしていくことだと考えています。そうすることで、一人ひとりに合った病気への受け入れ方や対処法が見つかるのではないかと思うのです。もちろん、治療には多くの言葉のやり取りがあるはずなのですが、悲しいことに医師も慌《あわ》ただしい診療の現実に慣《な》れきってしまい、患者さんもやむを得ないことだとあきらめてしまっているようです。

ある患者さんはなかなか病状が安定せず、私の診療所に来る前にすでに五回も病院を変えていました。私が、その人の生い立ちや症状について聞いていたある時、急にはっとして「ごめんなさい、先生。お医者さんは患者の症状を見つけてくれて、それに合った薬を出すのが仕事なのに、私は余分なことをたくさんしゃべってしまって。次の患者さんが待っているのに、本当にごめんなさい」と言ったのです。

この人たちに、精神科の診察はこういうものだと思い込《こ》ませてしまった今の日本の医療は根本的に間違っているように思います。

会えない日々

母の精神は不幸な結婚生活を経て、少しずつ病んでいきました。父は一ヵ月に一回くらい家に帰ってくればよいほうで、お給料も持ってこなかったため、母はときどき自分の血を売って食費にあてていました。昭和三〇年代の頃の話です。もともと無口でおとなしい人なので、父に文句《もんく》を言うことなど、とてもできなかったのだと思います。

それでも母は、生まれてきた一人娘の私をとてもかわいがってくれました。お金がなかったせいもありますが、私の着る服はすべて母の手作りでした。とても手先の器用な人だったので、冬物のコートから帽子《ぼうし》まで作ってくれました。美人で優しくて何でもできる母が、私はとても自慢《じまん》でした。

❖

しかし母は無理が重なり、私が三歳の時に肺結核《はいけっかく》で倒れてしまいました。身体の外に菌《きん》を出すため隔離《かくり》病棟《びょうとう》に二年間の入院となりましたが、その間父方の祖母は「孫に菌がうつる」といって私と母を会わせませんでした。母は娘と会えないことをとても悲しみ、入院中にキリスト教に入信して洗礼を受けました。

この時の隔離病棟がよほどつらかったのか、母は「二度と入院はしたくない」と言っていました。母が統合失調症になってから頑固に入院を拒んだのは、病識がなかったという問題だけではなく、このつらかった入院生活の思い出があったからだろうと思います。このことは、私が母と一〇年間会わず、その後再会して母から事情を聞くまでは知らなかったことでした。

❖

後になって「なぜ、入院したくない理由を父や病院の先生に言わなかったの」と私が責《せ》めるように問いただすと、母は「誰も聞いてくれなかったから」と、ポツリと言いました。

母の返事を聞いて、私ははっとして、何軒も病院を変えた患者さんたちのことを思い出しました。診察室での患者さんは、私たち医師が思う以上に弱い立場にあるのだと気づきました。自分から言い出せる状況でも、医師のほうから聞いてくれる状況でもなかったのです。それは、母の時代も今も、残念ながら変わってはいないのです。

母は長い長い療養生活を終え、やっと退院しました。でも父の生活は相変わらずでした。祖母も父に甘いため、素行については誰も注意する人がいませんでした。

さらに、父の度重なる転勤が母の心労に追い打ちをかけました。私が覚えているだけでも、全国にわたって七回の引っ越しをしました。転勤のたびに、職場の人たちの見送りの列の中には父の愛人がいて、一番前で堂々と別れを惜しんでいました。子どもの時はあまり実感がなかったのですが、今自分が母と同じ妻の立場になってみると、本当にひどい仕《し》打《う》ちでした。よく母は耐《た》えていたなと思いました。

このような環境が母の病いを作ったのだと思います。

第2章　別人になってしまった母

発病

私が一〇歳になったころ、母に異変が起こりました。夜は眠らず、些細《ささい》なことでいきなり怒り出し、近所づき合いを極端《きょくたん》に嫌《きら》って一切《いっさい》外へ出なくなったので、買い物には私が行っていました。誰も家に入れたくないため、学校の先生が家庭訪問に来たときも追い返してしまいました。

私が覚えているそのころの母は、一晩中部屋にこもって小説を書いたり、本を読んでいました。普通にテレビを見たり、趣味《しゅみ》を楽しんでいるような母の姿は見たことがありません。一晩中起きているので、朝になって私が学校に行くときも、母が起きてくることはありません。私は一人で

パンを食べて登校しました。

朝、目が覚めると、母が居間で倒《たお》れていることもありました。そばには薬の瓶《びん》が転がっていました。私がいくら呼んでも、母は起きようとしません。父は不在であることがほとんどで、頼れる親戚《しんせき》もいませんでした。私は不安でずっと母の側《そば》にいると、やっと目を覚《さ》まして「ママは毒を飲んだのよ」と言うのです。何を飲んだのかは、わかりませんでしたが、そんなことが何回もありました。

学校へ行っている間も、また毒を飲むのではないかといつも不安でした。夕食もいつも一人で食べていました。一応、私の夕食は母が作ってくれましたが、いつも同じ食事でした。今思うと、母は何を食べ、いつ寝ていたのでしょう。そのうちに掃除《そうじ》もしなくなり、独《ひと》り言《ごと》をブツブツ言うようになりました。たまに父が帰ってくると、あんなにおとなしかった母が父を怒鳴っていて、怒り出した父が母を殴《なぐ》っているところを、目を覚ました私が止めに入ったりもしました。

その頃の思い出は、いつも家が暗くて寒かったことです。空の色は、いつも灰色でした。きれい好きで美人の母は、すっかり別人になってしまいました。

そのうちに、母はときどきとても険《けわ》しい顔つきになり「腹が立って、腹が立って、しかたない!」と怒鳴りながら、家じゅうをグルグル歩き回るようになりました。私は、母が何に対して怒っているのかまったくわかりませんでした。母の顔は般若《はんにゃ》の面のようでとても怖くなりました。寝不足で血走った眼をして、口が耳まで裂《さ》けたように見えたのです。私は母の目に留まらないように、息をひそめて布団《ふとん》の中で寝たふりをしていました。

❖

このような生活では、我儘《わがまま》など言えたものではなく、子どもの頃の私はとても良い子だったと思います。家にお金がなかったという事情もありますが、「○○が欲しい」などとはめったに言いませんでした。もちろん宿題も学校の用意も、自発的にしっかりやっていました。

家に友だちを呼べるような状況ではなく、母のことが気になって外へ遊びに行く気にもなれないので、学校から帰るといつも一人で本を読むか、絵を描いていました。私にとって『赤毛のアン』は、子ども時代の唯一《ゆいいつ》の友だちでした。

家族の困惑

このように書くと、我が家はとんでもない家庭のように見えるかもしれませんが、食べる物があり、住む家もあるので、意外に淡々《たんたん》と暮らしていたのです。当時の私は「どうして自分の家には、いつもお父さんがいなくて、お母さんは外へ出ないんだろう」とは思いましたが、それを学校の先生や友だちに相談することはありませんでした。どこまでが正常で、どこからが異常なことなのか、専門家が誰一人いない家では判断がつきません。このような環境が、人格形成や物の考え方に大きく影響するとわかったのは、自分が大人になってからのことでした。

父も私も、母が精神の病気にかかっているとは思いもよりませんでした。父の素行《そこう》については私も知っていたので、「きっと、母は父に腹を立てているんだろう」と思っていました。父は父で、母からせがまれて会社の試供品の睡眠薬を持ってきたりするので、とりあえず不眠だけは解消されてしまい、ますます母が病院へ行く機会がなくなりました。

❖

そうこうしているうちに五年がたち、私が中学三年になった時に、母は突然「作家になる」と言って、家のお金を全部持ち出してアパートを借りてしまいました。居場所を探し当て、訪ねてみると、部屋には原稿用紙が山のように積んであり、かなり上機嫌の様子で「締め切りに追われて忙しくて大変だ」と言いました。また、何十万円もする高価な着物を何枚も買ったりして、それまでの倹約家《けんやくか》の母とはまったく違っていました。この頃には、さすがに私も「母の様子はおかしい」と思うようになりました。

❖

父は、母がお金を持ち出したことをひどく怒っていました。そして離婚の話が出ると、母の症状は一気に悪化しました。家に連れて帰ってきたものの、独《ひと》り言《ごと》もひどくなり、特に真夜中になると決まって母は怒りはじめ、私は一晩中寝かせてもらえないこともたびたびありました。

私と道路を歩いていても、何か怖いものが見えるのか、突然「そこを通ってはダメ！」と大声で叫ぶので、通行人からは不審者《ふしんしゃ》に見られました。訳《わけ》のわからない挙動は、宗教関係の人から「霊がついている」と言われ、母は無理やり知らない人の家に連れて行かれて、頭から水をかけられたこともありました。結局、そこでもなす術《すべ》がないと言われて、突き返されました。

入院と告知

暴言をはきながら、社宅の隣近所のお宅の玄関を自分のはいていたハイヒールでガンガン叩《たた》いたり、父の会社の社長さんのところにまで事実無根の中傷電話や手紙を出してしまい、母のせいで父はずいぶんと大恥をかいたと思います。当時の父の怒りは尋常《じんじょう》ではなく、とうとう父は母を後ろ手に縛《しば》って精神科の病院へ連れて行き、そこで初めて入院となりました。私が学校へ行っている間のことでした。母はひどく暴れたので隔離《かくり》室に収容され、父は「精神分裂病（当時）」と告知されたようです。「ようです」としか言えないのは、私は父からも医師からも、何も聞かされていなかったからです。

❖

母はどうしているのか、私がいくら聞いても、父は母の話題を出すと機嫌《きげん》が悪くなりました。親が入院したにもかかわらず、その話題に決して触《ふ》れることができない病気……。この時から、母の病気はやたらと人に話してはいけないのだとわかるようになりました。誰からも隠すようにとは言われませんでしたが、友だちにも先生にも言えないことだと何となく理解しました。

唯一、母のことを話せるはずの父は、ゴミだらけの部屋を指して「お前は、こんな女になるなよ」と言うのが口癖《くちぐせ》でした。子どもだった私は、病気のことがわからないので「父も悪いが、母のほうがもっと悪い」と思っていました。自分のやりたいことのために、家のお金を勝手に全部持ち出すなんて、母が「とても自分勝手な人」に思えたのです。

❖

そんなふうに誰にも自分の気持ちをぶつけられない状況だったので、父と一緒に入院中の母の面会に行った時も、私は母に優しい声をかけられませんでした。そして、私が何よりも衝撃を受けたのは、病院の閉鎖病棟の雰囲気でした。

昭和四〇年代というのは、現在よりもっと精神科病院の環境は悪かったと思います。部屋は暗く、かびが生《は》え、糞尿《ふんにょう》の臭《にお》いが漂う空気に圧倒されていると、大きな鍵束《かぎたば》を持った看護人さんに連れられて母が面会室に入ってきました。母は私の顔を見るなり泣き崩れてしまいましたが、中学三年生だった私は、こわばった顔で黙ったまま母を眺めているだけでした。

今思うと、当時の母は大量の抗精神病薬を飲まされていたのでしょう。手が震《ふる》え、呂律《ろれつ》は回らず、目も虚《うつ》ろでした。わが子を見て涙する母の心を私は冷たくあしらってしまったと、精神科医になってから何度も思い出しては後悔しました。とくに自分が民間の精神科病院へ赴任《ふにん》してからは、隔離室に収容されている患者さんを受け持つと母との面会の場面が重なり、深刻な葛藤《かっとう》となりました。自分の心を守るため、母のことはできるだけ考えないようにして平静を保とうとするようになりました。

悪化への一途

母は数ヵ月ほど入院して家に戻って来ましたが、もう以前のような母ではなくなっていました。いつも綺麗《きれい》好《ず》きで優しく、洋服でもお料理でも何でも魔法のように作ってしまう自慢《じまん》の母は、ゴロゴロ寝てばかりいる怠《なま》け者で役立たずの母に変わってしまった、と反抗期の私は思うようになりました。

今は当時の母が病気のために生産的なことができなくなったのだとわかりますが、誰からも説明を受けていなかったために、母のことをまったく理解できなかったことは、今考えるととても悔しいです。知らなかったゆえに、母への嫌悪感が芽生《めば》えてしまいました。実の親に対して「悪い」感情を持つことで、自分を責めて葛藤《かっとう》した数十年を考えると、失われた年月は計《はか》り知れないと思えて本当につらいです。

でも父の生活は変わりませんでした。私たち家族は母の入院前よりさらにバラバラになっていました。母は結核で入院して以来、病院が大嫌いになっていたので、通院も滞《とどこお》り、薬は飲まずにダンボール二箱分が溜《た》まっていました。医師には「きちんと飲んでいる」と言っていたのでしょう。入院させられたくないがために、症状があっても伝えないようにしていたのだと思います。

自分が精神科医になり、そして今、母のことを隠さずに向き合えるようになって、患者さんがなぜ受診したがらないのか、なぜ薬を飲むのを拒否したり症状を隠《かく》してしまうのか、その気持ちがわかるようになりました。心持ちが理解できないと、ただ単に患者さんを責めたところで決して回復にはつながらないということも納得できるようになりました。このことに気づいたことは、臨床医《りんしょうい》となった私にとって、大きな一歩だったと思います。

母が退院してすぐ、父は北海道から九州へ転勤となりました。まさに日本縦断です。その頃はよほど裕福でない限り、飛行機など利用できない時代でした。退院したばかりで、体力が落ちてフラフラの母と、愛人に見送られて平然としている父とともに、私は連絡船に乗って津軽海峡を越えました。私は母が海に飛び込んでしまうのではないかと心配しながら、三等船室の畳《たたみ》部屋で目を離さずにいました。今でも、石川さゆりさんの『津軽海峡冬景色』を聞くと、心の芯《しん》まで寒かった当時の様子がありありと浮かんできます。連絡船と夜行列車を乗り継いで、やっと九州に着いた時は、疲れとこれからの不安で私も倒《たお》れそうでした。

そんな中で高校生活が始まりましたが、私ははた目からは何の問題もない生徒でした。母は二〜三年おきに引っ越す生活に疲れ果て、相変わらず家の中を片づける気力もなく、通院せずに時間が過ぎていきました。

病気の再発は時間の問題でした。

第3章 両親の離婚、そして新しい家族

再発

転勤先でも母は通院せず、相談できる身内も知り合いもいない中、病状は少しずつ悪化していきました。

父は、北海道から九州への赴任《ふにん》後、わずか二年で東京へ転勤となりました。高校生だった私は九州へ残り、両親だけが東京へ行くことになりました。私と離れて暮らした東京での一年間が母の病状を悪化させたのか、私が大学に入るために東京の家に戻ると、母の症状は入院した頃のひどい状態にすっかり戻ってしまっていました。

その頃、母の症状とは別に私を悩ませたのは、「自分はまともなしつけを受けないで育ってきたのではないか」という劣等感《れっとうかん》でした。高校生の頃から、私はこの劣等感のために「何をするにも自信の持てない人間」になっていました。友だちづき合いも「相手はきっと、自分のことを嫌《いや》だと思っているに違いない」とすぐに考えて、距離をとってしまうために、親しい友人は一人もできませんでした。

進学校に通っていたものの、勉強も部活動も中途半端だった私は「自分は、何ひとつ取《と》り柄《え》のない人間だ」と、いつも思っていました。そして女子大学に入学しましたが、自分以外の女子学生がとても華《はな》やかで眩《まぶ》しく見えました。それなりに友だちもできたのですが、友人の家庭と自分の家庭との違いがわかってきつつあったので、「自分には、何かが欠けている」とよく悩んだものです。

子どものころは気づかなかった家庭の欠陥《けっかん》が、この頃になってやっと認識されはじめたのだと思います。

両親の離婚、そして医学部受験

結局、母は二回目の入院をしました。でも、この時は退院しても家に立ち寄ることさえ許されず、そのまま離婚となって一方的に実家に戻されてしまいました。行き場のない母を見て「女も手に職を持たないと、母のように追い出されて惨《みじ》めなことになる」と思いました。私は女性が男性と同等に認められる職業は何だろうと考え、医師になろうと決心しました。

それからは通っていた女子大を辞め、必死で勉強しました。サラリーマンの家計では、私立の医学部には通えないので、国立大学の医学部一校に絞《しぼ》って受験しようと、背水《はいすい》の陣《じん》でした。失敗した後のことは考えず、絶対に落ちてはいけないと自分に言い聞かせながら、寝ている時間以外は食事中も勉強をしました。父は相変わらずほとんど家には帰らず、母もいなくなった家で一人ぼっちの中、冬の玄関の冷たい板の間に直《じか》に座って勉強しました。こうすると寒くて、足が痛くて、眠くならないからです。

❖

私は自分の寂しさを勉強に向けたのかもしれません。「母親が病気だったから、医師になったのか」とよく聞かれますが、それはまったく違います。私は、母のようにはなりたくないという思いだけで、むしろ「自分のために」医師になったのです。

家の中はいつも暗くて、寂しくて、一人っ子の私は小さいころから勉強していると落ち着きました。勉強は自分が努力すれば成果が出るけれど、人との関係は思うようにはいかないと、とても冷めた考えを持っていました。

努力の甲斐《かい》あって、私は医学部に合格しました。電報で知らせを受け、まず最初に父に、それから母へ、連絡しました。父は飛び上がらんばかりに喜んでくれましたが、母は「ふん」と言うだけで「おめでとう」の一言《ひとこと》もありませんでした。私は、「これでも親か」と憤慨《ふんがい》し、ますます母を疎《うと》ましい存在に思うようになりました。

❖

二〇歳の春、私は国立大学の医学部生になりました。

国立とはいえ、医学部は何かとお金がかかります。いくら努力しても、どんなに才能があっても、経済的な理由のために進学できない人はたくさんいます。一人っ子であったためか、父が私に惜しみない援助をしてくれたことは私の幸運でした。母の実家では、母を引き取るだけで精一杯で、私を引き取る余裕などなかったのです。

父の再婚

私の医大生としての生活が落ち着いてきた頃、ある日突然、私は父の行きつけの飲み屋へ連れていかれました。そこの女将《おかみ》さんと父が楽しげに話しているのを見て、「父は普段は一人暮らしで寂しいだろうし、楽しく飲めるところがあってよかった」と思いました。私にも美味《おい》しい料理を出してもらい、ひとしきり楽しんだ後、帰る時間になって父が「この人も、家に泊《と》めるから」と言い出したのです。

私はここで初めて、二人の関係がわかりました。でも、どうしてもこの人を家に泊めるのだけは嫌だと思いました。母のことを父がどう考えているのか何一つ整理できていない段階で、他の人を受け入れる準備などできるはずがありません。

父は私の拒絶を、烈火《れっか》のごとく怒りました。中高年者の恋は一途《いちず》になると言われますが、その通りです。私も父に近い年齢になってみて、あの頃の父の気持ちがよくわかるようになりました。人生の残り時間を数えるようになり、「これが自分にとって最後の恋になるかもしれない」と思ったのだと思います。

❖

でもあの当時、さすがに父が再婚すると切り出した時はとても苦しかったのです。できれば「嫌だ」とはっきり意思表示したかったのですが、自立していない子どもの立場では言えませんでした。

みなさんは、父が再婚した時にはすでに成人していたのだから、父親のもとを離れて自分で勝手に母親と会えばいいではないか、と思われるかもしれません。でも、私の母に対する嫌悪感や恐怖感は、幼少の頃からすでに、じわりじわりと心の中に入り込み、作り上げられたものなのです。それに、母の病気は治療が難しい病気であると大学で習ってしまっていたので、自分から行動を起こすことなどできませんでした。

こんな私には、帰る場所がどこにもありませんでした。

統合失調症の研究によると、患者さんが結婚後に発病した場合、離婚率が非常に高いと言われています（池淵恵美「統合失調症の人の恋愛・結婚・子育ての支援」『精神科治療学』二一巻一号、九五－一〇四頁、二〇〇六年）。

当事者の家族としてあらためて考えると、この点は無理もないことだと思います。精神の病いになった人と生活するのは大変なことです。これはきれいごとで済まされることではありません。

親であれば、自分が産んだ子どもを不憫《ふびん》に思って、たとえ病気であっても献身的に世話をするでしょう。兄弟という血縁も、切っても切れない関係のため、紆余曲折《うよきょくせつ》を経て、「やはり見捨てることはできない」ということになり、面倒を見ようと考える方もいると思います。

しかし、夫婦は離婚してしまえばきっぱり他人になれるのです。他人になれる選択肢があるのに、「ずっと面倒を見よ」とは強制できません。

❖

私にとって、父の再婚は到底《とうてい》受け入れられることではありませんでしたが、父から「お前は、お父さんを幸せにできるのか。一生、お父さんの側《そば》にいるわけじゃないだろう」と言われた時、返す言葉はありませんでした。

良い子の見本のようだった私が荒れ始めたのは、この頃からです。

遅れてきた反抗期

二人の子どもを連れて再婚した義母は、明るく社交的で、父に言わせると「竹を割ったような」性格の人でした。もし、このような出会いでなかったら、義母とはもっと仲良くしたかったと思います。

母の二回の入院の時も、そして離婚の時も、父と話し合った記憶はありません。話題にしたくなかった父の気持ちもわかるのですが、その部分を素通りしたまま新しい家族を作ることは無理でした。私にとっては突然、母がいなくなってしまったようなものです。病気についての知識があれば、すでに成人していた私は自分から母のもとへ会いに行ったり、主治医にもっと詳《くわ》しいことを聞きに行くこともできたはずなのです。

でも私はいつでも蚊帳《かや》の外で、わけのわからぬままに事態が進んでいきました。その頃の私は、ただただ母が恐ろしく、母への嫌悪感でいっぱいでした。「今だったらこんなふうに行動できたのに……」と思えるのは、病気についての知識があるからこそなのです。

もし病気についての知識があれば、そして誰かが相談にのってくれたなら、母のことを過剰に怖がることなく、「どうして、あんなに暴れたの?」とストレートに聞くことだってできたのだと思います。正確な知識がない家族にとっては、精神の病気は「身内の愛情」などとキレイごとで片づけられるようなことではなく、「怖い」ものなのです。

❖

こんな気持ちのまま、新しい家族との生活が始まったため、私は「良い子」から一変して、ことごとく父や義母に反抗するようになりました。まさに遅れてきた反抗期です。もともと飲めないお酒を浴《あ》びるように飲み、翌朝は二日酔いのまま嘔吐《おうと》しながら授業を受けたり、タバコも一日に四〇本も吸うようになりました。部屋の中は何も見えないくらい紫煙《しえん》が立ち込め、タバコなしではいられないような毎日でした。

父が義母に「この子は以前、何の問題も起こさない優等生だったんだ」と言い訳《わけ》のように言っているのを聞いたことがあります。義母が連れてきた二人の妹たちに対しても、「姉」としてどう振る舞っていいかわからず、ずいぶん傷つけてしまったと思います。義母も妹たちもみな、幸せになろうとして再婚を選び、新天地での生活を始めたのです。今思えば、自分がもっと大人として接することができればよかったと後悔ばかりが残っています。

居場所がない

父は再婚の際、母のことは一切伏《いっさいふ》せていたので、新しい家族の前では母のことを話題にできなくなっていました。

義母から「あなたのお母さんってかなり変わった人だったらしいわね」と言われたときは、とても悔しかったです。もしもあの時、「変な人なのではなくて、母は病気だったんです」と説明できたなら、私は悔しい気持ちにならなかったかもしれませんが、そんな説明をしてもかえって誤解を受けたような気もします。三〇年経った今でも、多くのご家族は事実を公表することに二の足を踏むのです。ですから、父が母のことをひたすら隠《かく》そうとしたことは、むしろ常識的な行動だったのでしょう。でも、私にとってはとてもつらいことでした。

何度か父に「二人だけで話したい」と言いましたが、父はもう二度と母のことなど話題にしたくないので、応じてはくれませんでした。私は大学の休暇に実家へ帰省しても、居場所がないような状態になりました。

❖

母に対する嫌悪感は変わらなかったので、私のほうから母に連絡を取ることはまったくありませんでした。でも、母は私が大学生の時も、卒業して勤務医になってからも、すぐに居場所を探し出して電話をかけてきました。

母からの電話は、自分が努力して手に入れたものを奪《うば》い取ろうとする「脅迫《きょうはく》」のように聞こえていました。私は「自分を守るため」に、母から逃げるようにして何度も引っ越しをしました。電話のベルが母からのものだとわかると、ガチャンとすぐに切ってしまいました。時には「早く死んでくれないかな」とさえ願いました。そして次第に、「母のことはなかったことにしよう」と思うようになりました。

母との断絶は、後に友人の助けをかりて再会するまで、一〇年間続きました。こんな生活をしているうちに、気がつくと私は、正月もお盆も帰る場所のない、孤独な人間になっていました。とてもつらかった時期でした。

第4章

医学生になって

人とのつき合い方がわからない

子ども時代に他者との交流が乏しかった〝ツケ〟が、青年期に回ってきました。

医学部に合格したことで、少し自信がついた私は「今度こそ、友だちを作ろう！」と思ったのですが、まともな友だちづき合いどころか、親戚づき合いさえもなかったため、私は人との適切な距離がイメージできませんでした。自分では気がつかないままましつこくしていたり、悪気はないとはいえ相手の秘密を他の人に喋《しゃべ》ってしまったりと、すっかり信用をなくしていました。

人とつき合うことなく勉強ばかりしていた私は、人間関係の基本的なルールや暗黙の了解を

二〇歳を過ぎてもまったく習得していなかったのです。

こんなこともありました。

ある日、親友と思っていた相手に電話をしたところ、私の名前を言っただけでガチャンと切られてしまいました。自分が母に対してやってきたことが、皮肉《ひにく》にも自分に返ってきたのです。それでも私は、相手が自分とは関わり合いたくないと思っていることに気づかず、わざわざ相手の家まで訪ねていきました。玄関には「もう二度と来ないで下さい」という張り紙がありました。理由はわからないままでしたが、「自分は相手をひどく傷つけてしまった」と理解しました。

周囲の人たちはみな表面的には優しく親切にしてくれましたが、この一件以来、再び私は友だちを作ることが怖くなってしまいました。

講義で学んだ病気のこと

さらに追い打ちをかけたのが、医学生として精神医学の講義を受けた際に「統合失調症」について学んだことです。病気の経過や遺伝性について得た知識は、私にとっては残酷《ざんこく》な事実でした。講義をする先生たちは、学生の中に病者の家族がいるとは知るはずもないので、とてもストレートに話をしました。あの頃は——いえ、おそらく今でも、患者さんのご家族の気持ちにまで言《げん》及《きゅう》した講義をしている医学部は少ないのではないでしょうか。

「教えてもらわないと、気持ちがわからないのか」という批判もあるかもしれません。最先端の医学知識の習得ばかりが先行し、患者さん本人や患者さんを支えるご家族への対応や病気の説明の仕方を教育しない実情は「病気を見て人間を見ない」医師を大量生産することになりかねません。丁寧な説明ができない医師が多い現状を考えると、医学部の教育体制から変えていく必要があると思います。これは患者の家族として、そして医学部の講義を受けた者としての切実な要望です。

❖

こうして私の統合失調症についての知識は、母の主治医から「家族」として聞くのではなく、医学生として非常に客観的に得ることになったのです。その結果、母の病気の末路《まつろ》がはっきりと見えてきたような気がしました。そして「いつかは自分も発病するかもしれない」という恐怖も身近なものになっていきました。

私は、家族の一員としても、社会に乗り出した一青年としても、そして医学生としても、八方ふさがりの状態に陥《おちい》っていました。

絶望の日々

医学部の五年生の時、私は底なし沼に落ちたように、まったく未来に希望が持てなくなりました。母からずっと逃げていたことも、心のどこかで「このままではすまされない」と思っていました。それに私は一人っ子だったので、いつか母の面倒は私の負うところとなるだろうと考えていました。

あれほど努力してせっかく入った医学部でしたが、目の前が真っ暗な時は将来の希望など考えられないものです。「一生、自分は幸せになれないだろう」「私がいないほうが、父の新しい家族にとっても良いかもしれない」と悲観的になっていました。今考えれば、うつ状態の典型的な認知の歪《ゆが》みにはまっていました。もし誰かが私の傍《かたわ》らにいてくれたなら、ずっと先の希望を信じて生きていこうと思えたかもしれません。しかし、自業自得《じごうじとく》の私に寄り添ってくれる人はいませんでした。

そのうちに過食・拒食が始まりました。精神科では「摂食障害《せっしょくしょうがい》」と診断されます。内臓には特に問題がないにもかかわらず、極端に大量に食べてしまったり、食事の制限をし過ぎたりして、適切な食事量が摂《と》れなくなる状態です。

摂食障害は、人間関係の病気だと言われています。努力家で完璧《かんぺき》主義、人に甘えるのが下手《へた》な人に多いようです。また、幼少期に家庭不和を経験したり、極《きわ》めて「良い子」だった人が、その反動によってさまざまな不満を言葉で表現できず、過食・拒食という形で表してしまうこともあります。私も一時は三四キロにまで体重が減りました。お腹が絶えず空《す》いていて、頭の中は食べ物のことばかり浮かぶのですが、一度食べ出したら止まらなくなるような気がして、何も食べられなくなってしまうのです。

私は、先輩医師からヒルデ・ブルックという人の書いた『思春期やせ症の謎―ゴールデンケージ』(星和書店、一九七九年)という摂食障害の原因を解説した本があることを教えてもらい、読んでみました。この本には、高価な金の鳥かごの中で自分には絶対手に届かない自由な青い空を眺《なが》めているスズメに例えながら、この病気にかかった若い女性たちのことが描かれています。

私の心も「金の鳥かごの中のスズメ」のようでした。自分の行動に確信が得られず、他人との関係に失敗していた私が唯一《ゆいいつ》、完全にコントロールできるのが自分の食欲でした。体重計に乗るたびに、体重が減っていくのが充実感になっていきました。

でも、体重が減るたびに私の「金の鳥かご」の扉は重くなっていきました。

最初の自殺未遂

本を読んで、自分の行動は摂食障害に当てはまるとわかっていましたが、私は病院にかかろうとは思いませんでした。臨床実習で拒食症の患者さんを受け持ったことがありましたが、自分と同じような子ども時代を過ごした患者さんを見ても「自分には関係ない」と思い込もうとして、淡々と実習用の記録を取っていました。もし自分が受診すれば、母のこともすべて話すことになってしまうと思ったのです。

私の精神状態は日に日に悪化し、「生きているより死んだほうが楽だ」と思いはじめ、ある日受験で泊まったホテルに行きました。そこは私のこれまでの人生で一番、良い思い出がある場所でした。「一生懸命努力して、合格した時は父も喜んでくれたなぁ」と懐《なつ》かしく思い出しながら、私は当時常用していた市販の睡眠薬を二瓶《びん》飲み干して、手首を切りました。静脈を切っても血は止まってしまうことを知っていたので、かなり深く切りました。後で聞くと、傷は動脈にまで達していたそうです。その後のことは記憶が飛んでしまい、まったく覚えていません。大学五年生の時でした。

「もう二度と来ないで下さい」と玄関に張り紙をした例の友人が、さすがに私のことが気になって周りから様子を聞き、私がアパートにいないのを知ると、すぐこのホテルのことが浮かんだそうです。胸騒ぎがした友人がホテルへ連絡し、風呂場で血だらけで倒れている私は客室係に発見され、すぐに救急車で搬送されて処置を受けました。救急隊の人が「医学生がこんなことをしちゃいかんな」と言ったことを後で病院の人から聞き、私は自分が情けなくなってさらに落ち込んでしまいました。

搬送された病院に、自分が通っている大学の精神科の教授が往診に来たことで、私は自《みずか》らのしでかした行為がとんでもないことだったのだと理解しました。教授からはいろいろなことを聞かれましたが、母のことは言えませんでした。それは決して母の名誉《めいよ》のためではなく、自殺まで考えたにもかかわらず、それでも「自分を守るため」に言えなかったのでした。心配して駆《か》けつけて来てくれて、診察中ずっと廊下《ろうか》で待ち続けてくれていた父の手前もありました。もし、すべて話してしまったら、当然父の耳にも入ると思ったからです。表向きの理由は「失恋」ということになりました。

❖

「悩んでいたのなら相談に来ればよかったのに。水くさいじゃないか」と教授は言って、その日から私は教授の患者となりました。そして大量の抗うつ薬と精神安定剤、そして睡眠薬も出されました。はっきりした効果はわかりませんでしたが、副作用は強烈でした。舌が張りつくほどの喉《のど》の渇《かわ》きや立ちくらみ、ひどい便秘にもなりました。おかしな理屈《りくつ》かもしれませんが、副作用による苦痛のほうが強いために、生きていく苦痛が弱まったとしたら、それはそれで私の場合は効果があったといえるのかもしれません。私は頭がぼんやりして何もかもが面倒くさくなり、死ぬことでさえも億劫《おっくう》になりました。そして、すべてのことに投げやりになりました。

退院しても、傷の消毒やガーゼ交換をしなくてはいけないのですが、そんなことはどうでもよくなりました。まったく処置をしなかったので、傷はひどく化膿《かのう》して腫《ふく》れあがり、外科にかからざるを得なくなった頃には「ここまで放っておいたら、傷は一生残ってしまいますよ」と言われました。今も私の左手には大きな傷跡《あと》が残っています。

精神科への入局

この時期には病院の各科を回る臨床実習が始まっていました。でも私にはそんな体力はなく、患者さんが見ている前でも立っていることさえできずに床に寝てしまい、同級生から呆《あき》れられたこともあります。本当は「あなたの出した薬は多すぎて飲む気になれません」と教授に直接言いたかったのですが、医学部の教授の回診は「大名行列」と呼ばれ、その権威は絶大でした。私が処方にケチをつけることなど到底《とうてい》できませんでした。他の医師も「教授が主治医の患者」である私の薬には口を出さないように気を遣《つか》っていました。

あまりに副作用がひどいので、ある時私は教授の診察の後、もらったばかりの薬を駅のゴミ箱に全部捨ててしまったこともあります。患者さんが薬をのむのを拒んだり、捨ててしまう気持ちが痛いほどわかりました。

❖

教授からは「卒業したらうちの医局へ来なさい。君のような弱い人間は、内科や外科へいったら大変だぞ。私が面倒見てあげるから」と誘われました。

教授からはとても親切にしてもらいました。どんどん痩《や》せていく私を心配して、医局の会議室に鉄板を持ち込んで焼肉をごちそうしてくれたこともありました。いろいろ面倒を見てもらったことは今でも本当に感謝しています。

❖

私は「次期入局者」という扱いになり、大勢の精神科医がいる場所に身を置きながら、母のことどころか、薬の副作用についてさえも相談できる人がいなくなりました。

私の回復がはかばかしくないため、教授会では問題になっていました。「この学生は医師としての資質に欠けるのではないか」と判断され、退学か休学のどちらかを選ぶよう勧告《かんこく》されました。私は、退学してしまったらこの先何を指針に生きていったらよいのかわかりませんでした。私のそれまでの人生で唯一の成功体験は、医学部に合格したことだけだったからです。とはいうものの、一刻も早くこの大学から卒業してしまいたい気持ちもあったので、休学だけは絶対したくありませんでした。

❖

この時、勧告を撤回《てっかい》してもらえたのは義母のおかげでした。義母は一人で教授会に出向き、居並ぶ教授の前で土下座《どげざ》をして「家族で支えますから、どうか学業を続けさせてください」と、頼んでくれたのです。

大学などに縁のない義母にとって、医学部の教授会で頭を下げることがどんなに勇気のいることだったか――。父と再婚した際に義母は、私のことを「母親にはなれないけれど、妹のようにかわいがろう」と思ったそうです。卒業できたのは、義母のおかげだと心から感謝しています。

「幸せになりたい」と願って、何も知らずに我が家に嫁いできた義母や妹たちに対して、ことごとく反抗した自分が、今はただただ申し訳ないと思うばかりです。
私は義母のおかげで学業に復帰し、身体はふらふらでしたが何とか臨床実習を終え、医師国家試験にも合格することができました。

❖

この時期、すでに服薬は自己判断で止《や》めてしまっていました。結果としては止めて良かったと思うものの、私にも発症する可能性は十分ありました。やはり自己判断で止めるのではなく、勇気を出して、まずは主治医に相談するのがベストだったと思います。主治医である教授に対する遠慮があったとはいえ、自己判断で薬を止めたことは悪いお手本であることを、あらためてみなさんにお伝えしたいと思います。

第5章 精神科医になって

治療への疑問

こうして私は、医師免許証を得て、教授との約束通りに精神科の門をたたきました。確固たる動機づけもない、私の精神科医としての生活がスタートしました。「まるで拾《ひろ》われた子犬みたいだ」と私は自分を卑下《ひげ》していました。

私が医師になった時代は、「精神科」を選ぶ人というのはアウトローというか、少数派を自認《じにん》していて、精神疾患を負う人への共感もあり、人の魂を扱うということに気概《きがい》を持った人たちが少なくなかったように思います。同期生の中には、精神科医になりたくて医学部に入ったという人もいました。私のような〝成り行きまかせ〟で入局した人間とは大違いです。その彼は必ず精神科医になるのだと思っていました。

しかし、彼は内科医になりました。理由を尋《たず》ねると、臨床実習で精神科に行った時に考えが変わったとのことでした。

彼はとある精神科病院で、何十年も入院している患者さんを受け持ちました。一〇代で統合失調症を発病し、現在五〇代になっているその人は、人生の大半を閉鎖病棟で過ごしていました。担当医師は、「ちゃんと顔洗ってる？　歯は磨《みが》いている？　ご飯は食べている？」とだけ質問し、診察はいつもこの短い質問だけで終わりました。

その様子を後ろで見ていた彼は、自分よりはるかに年上の、人生の大先輩でもある患者に対して〝診察〟と称して「顔を洗ったか？」とお決まりのセリフのように、何の疑問も持たずに聞くようなことは、絶対できない。これが精神科医の仕事であるならば、精神科に行くのはやめようと思ったそうです。

❖

みなさんの中には、そこまで精神医療への思い入れがあるならば精神科医となって自《みずか》ら改革していけばいいではないか、と思う方もいるかもしれません。しかし、私は彼の無力感がよく理解できます。当時の精神科病院というところは、何十年も長期入院している患者さんに対応する医療スタッフさえも高齢で、そこに流れる空気はよどんでびくともしないほど手ごわいのです。いくら熱意があっても、たった一人で変えようとする勢いなどあっという間に吹き飛ばされてしまうような、負のパワーがそこにはありました。

当時の私は、彼の話を聞いて「なんて、真正面からきちんと考える人なのだろう」と思いました。そして、こんな人こそが精神科医になってほしかったと思いました。私の脳裏《のうり》には、遠く離れた病院で、この患者さんと同じような〝診察〟を受けている母の顔が浮かびました。

❖

どんな人でも病気になってしまった時には、担当医に自分の身を預けることになるわけです。治療の決定は、時には人生を左右する重大な事柄となります。もちろん医師が一人で決めるわけではなく、患者さん・ご家族で話し合って決めるのですが、そこに医師の考え方や時には人生観までもが大きく影響すると思います。

「J－POP VOICE（ジェイポップボイス）統合失調症を語ろう」というインターネット・サイトがあります。一般の方々へ統合失調症の理解を得るために、当事者や家族・医療スタッフからの声を画像とともに載《の》せています。

その中で、ある患者さんが（医療者に何を訴えたいかを質問されて）「私たちが入院している病棟の中へ入って、よく見てください。何年も入院している人や、症状がひどくて大声を出している人がいるその病棟を、よく見てほしいのです。そして、そのうえで『ここで一生、精神医療の仕事をやっていこう！』という覚悟ができるならば、良い医療者になれる人だと思うので、どうぞ仕事にしてください」と語っていました。

❖

内科医に転向してしまった同期生や、このサイトで訴えていた患者さんの思いは、今の日本の精神医療の厳しさを端的《たんてき》に表していると思います。「心ある人は身をおけない」ほど、あるいは相当な覚悟を持たないとやっていけない、過酷《かこく》な状況が現実なのです。私の同期生が経験したのは昭和五〇年代後半の頃の精神科病院ですが、インターネット・サイトで語った方は、現代の医療を受けている人です。患者さんに対して上から目線ではなく、尊厳《そんげん》をもって診察をしている医師がいまだに少ないのは、残念でなりません。

医師は少しだけ患者さんより知識があるだけの、患者さんと「同じ人間」です。病気を体験しているわけではないので、むしろ患者さんから教えてもらうべきことがたくさんあるはずです。でも、「先生」「先生」と繰り返し呼ばれているうちに、まるで患者さんと上下関係があるように錯覚してしまいます。多くの診療科の中で、患者さんを重んじるという意識が一番立ち遅れているのが、精神科のように思います。ましてや、昨今よく見受けられる「机と椅子《いす》と電話があれば、明日からでも開業できるラクな科」という安易な発想で精神科に転向する医師が一部にいることは、もはや「尊厳をもって……」などという議論はとてもできそうにありません。

多剤大量処方について

精神科ではかなり大量の薬が出されることが多いのが実態のようです。

私も医学部生時代、精神的に危機的な状況になりました。まるで後ろに目が三つあるような、絶えず誰かに見張られているような不気味《ぶきみ》な感覚がつきまとっていました。当時はきっと、発病一歩手前の状況にあったと思います。そのまま放置していたら、自殺していたかもしれません。このような苦痛を常に抱えて生きることは限界でした。

薬の力を借りていなければ、今の自分は存在していなかったと思います。確かに副作用は凄《すさ》まじく、生きていることの苦痛が身体の苦痛にすべて置き換わってしまったくらい、つらかったのは事実です。

でも、あの時の死への衝動を止めてくれるものは他に何があったのでしょうか。崩壊した家族は簡単には修復できません。友人も簡単に作れるわけではありません。医学生としての輝く将来は約束されていたはずでした。でも、当時の私にとっての「未来」など、「今」の苦痛には役に立ちませんでした。残念ながら、私には薬以外に頼れるものがなかったのです。

❖

一時的にせよ、思い詰《つ》めた気持ちは薬によって抑《おさ》えられ、自殺への欲望や発病の可能性を止めたと思います。問題なのは、医師が（特に精神科では）薬の処方を「やめる（あるいは減らす）」

ことを考えていないことだと思います。「薬をやめると、また再発するのでは」と当事者も医師も考えてしまいがちで、結局「予防」と称して、量の調整を行わずに延々《えんえん》と飲み続けてしまうことになるのです。

私は自分から服用を中止しました。主治医だった教授から「もう飲まなくてもよい」と言われたことはありません。結果的には、服用を止めても悪化しなかったので、飲まなくてもよかっただけなのです。私が医学生で多少の知識があったからといって、勝手に止めたことは良い行為ではなかったと思いますが、自分から止めなければ際限なく飲み続けていたかと思うと冷静ではいられません。

❖

私の患者さんに、ストレスがあるとすぐに身体症状に転化してしまう人がいます。その方は「肩が痛い」と主治医に訴えるとすぐに整形外科に紹介され、「目の疲れ」を訴えると次に眼科が紹介され、結局半年で全科を受診することになりましたが、まったくどこも良くならなかったそうです。「身体の痛み」の原因が「心の痛み」にあるとわかるまで、かなりの年月を費《つい》やすことになりました。そして、後に残ったのは、数日で飲むのを止めてしまったたくさんの薬でした。

時間の経過にともなって、身体も心も変化しているはずです。薬の種類も量も変わらないのはおかしなことです。ですから「医者の言うことはすべて正しい」と思い込んで、自分の大事な人生をすべて任せるのではなく、当事者も家族ももっと疑問をぶつけるべきなのです。

❖

医師も、患者さんやご家族から厳しい目でチェックされることが必要かと思います。特に開業医は「お山の大将」になりがちで、誰も苦言を呈《てい》してくれません。一方で、勤務医は転勤や患者さんの入れ替わりが激しく、じっくり一人の患者さんを責任を持って診療し続けにくい実情もあります。

あくまで薬は車輪の「片側」なのです。言うまでもなく、もう一方の車輪は、患者さんとの関わりを積み重ねることなのですが、その点についてはあまり認識されていないように感じます。科学の成果としての薬よりも、まずは「人薬」です。

精神科医療に携わろうと考える方には、もっと人間に興味を持ってほしいのです。自分と患者さんとの会話が回復への変化を起こすのだと思います。いくら薬を使っても改善しない患者さんには「人薬」と「時間」が必要だということをわかってほしいと思います。人が変わるためには、鳴り物入りで開発された新薬をもってしても、「時間の壁」は越えられません。

医師も当事者も家族も、各自が薬に対する心がまえを新たにする必要があると思います。私は医師へ「もし、患者さんが自分の家族だったら、これほど大量の薬を出せますか」と問うとともに、量の問題だけではなく、服用期間への認識も改《あらた》めてほしいです。これらの認識がお互いのものとなれば、薬は医学の進歩の賜物《たまもの》であり、有効に使えるものだと思います。

大学病院における精神科医局

私が入局した当時の大学病院精神科医局ほど、働く者にとってストレスフルな場はなかったと思います。精神科医の職場が最も精神衛生に悪いとは、なんという皮肉でしょうか。当直明けすぐに外来で診察をしたり、一晩中〝睡眠脳波〟を見続ける実験で一睡《いっすい》もできなかったりするような肉体的な厳しさは、若い研修医として覚悟の上のことなのですが、問題はそれとは別のところにありました。

当時の大学の知名度とレベルは、発表した論文の数に比例しました。医師たちは、研鑽《けんさん》の場として先輩医師の診断や診察の方法を学ぶことよりも、ノイエス（新しい発見）のある症例を見つけて、それをいかに迅速《じんそく》に学会へ発表し、論文にするかが求められました。それらは「教授の業績」となるのです。それはドラマにもなった『白い巨塔』の世界そのものでした。

夕方の医局には、一日の診察・病棟業務を終えた医師たちが戻り、抄読会《しょうどく》という海外文献を順番で読みあう会議が始まります。教授が来るまでの間、みな元気がなく「あー、また論文落ちちゃったよ。教授に怒られる」などと言って、頭を抱えていました。「まだか、まだか」といつも論文執筆に追い立てられていました。

私が精神的に追いつめられてしまった時、何十人もの精神科医がいる場に身を置きながら、なぜ誰にも本当のことを相談できなかったかというと、医局の雰囲気がこのような状態だったからです。みんな自分のことで精一杯で、他人のことなどかまっている余裕はありませんでした。

❖

実は、精神科医局にいた時に一度だけ、先輩医師に母のことを相談したことがありました。その先輩は、私がすでに三〇歳を過ぎているのだから発病の可能性はかなり少ないのではないかと言いました。私の訴《うった》え方が下手《へた》だったのかもしれませんが、その時に伝えたかったのは「精神病者の家族の葛藤《かっとう》」であって「発病の心配」ではありませんでした。

私たち医師は、どうしても目の前にいる患者さんの「症状」が最大の関心事になってしまい、ご家族の「思い」にまではなかなか気づけないものだと、この時のやりとりを思い出してつくづく感じています。実際には、医師が思っている以上に、ご家族の感情は患者さんに影響するのです。医師はその点に十分に注意を向けるべきであり、自分自身もいつも意識していなければいけないと、毎日自戒《じかい》しています。

大学の医局を離れて、自由に研究テーマが選べるようになってみて、本当に自分が研究したいと思って書く論文は、こんなにも楽しさが違うのかと驚きました。個人の名誉のための研究は、達成感とはほど遠く、疲労感ばかりが残りました。

このような心境のまま、研修医としての時間が過ぎていきました。研修も半年ほど経つと、平日は大学病院、週末は民間の精神科病院で当直をやるようになりました。医者になってわずか半年で、四〇〇名の入院患者がいる病院へ行き、夜間は医師が自分一人という状況でした。

私には二つの不安がありました。一つは「医師になったばかりで自分の能力だけで対処できない事態が起こったらどうしたらいいか」という、新人医師ならば誰もが抱える不安です。そして「いよいよ統合失調症の患者さんと向き合うことになった」という不安でした。

昔も今も変わらない現実

ある週末の夕刻、指定された精神科病院に到着すると、婦長さんが出迎えてくれて当直室に案内されました。お茶を運んでくれた人を見て、私は母かと思いました。その方は、長期入院をしている年配の患者さんでした。当時はリハビリテーションの一環として、院内の仕事の一部を開放病棟の患者さんに手伝わせることが多かったのです。

その人は、母と同じ目、母と同じ震える手をして、呂律《ろれつ》の回らぬ口であいさつをされました。

私はその場から逃げ出したくなりました。「これから先ずっと、こういう患者さんたちに囲まれて仕事をしていくのだろうか……私にはできない」とその晩は一睡《いっすい》もせず、考え込みました。

当時の入院患者さんの置かれた悲惨な実態も私を苦しめました。カルテを見ると、多くの患者さんが糖尿病や肝硬変《かんこうへん》など、かなり重度の身体疾患を抱えていました。長年にわたる薬物の服用と運動不足、唯一の楽しみは食べることだという入院生活は、成人病を量産しているようなものでした。しかし、驚いたことに患者さんたちは身体症状が悪化しても総合病院へ転院することもなく、簡単な点滴だけの、とても容体を改善させることにはならないような処置しかなされていなかったのです。

❖

後になって、病院の責任者がその理由を教えてくれました。精神科病院に長期入院している患者を引き受けてくれる総合病院など、どこにもなかったのです。「患者さんが暴れても、当院では対応できません」と言われて入院を断られ、結局は終《つい》の棲家《すみか》となってしまった精神科病院で息をひきとることになるのです。

ある大きな民間精神科病院の医師によれば、総合病院へ入院を頼んでも、羽ばたき振戦《しんせん》が出た時点でやっと受け入れられるのだと、ため息交じりに話していました。

羽ばたき振戦とは肝障害の末期に出る症状の一つで、そこまで進行すると助かる見込みはないと考えられています。受け入れ側としては、患者が暴れることはないと見込んでのことなのですが、私は医師として悲しい思いで聞いていました。「精神疾患＝危険」という医療側の先入観によって、精神科の患者さんは身体疾患に罹《かか》ったときも治療を受けられないのです。

そして、さらに私を驚かせたのは、「助かる見込みのない転院」を歓迎する家族がいるという現実です。何十年も精神科に入院している身内が、最期の数日を総合病院で終えることで、「精神病院で亡くなった」という事実を作らずに済むのです。すべてとは言いませんが、このようなことは実際に起こっていることなのです。精神科の病棟を持っていた公立の総合病院が、採算が合わないために病棟を次々に閉鎖してしまったことが大きな原因と考えられます。

私は絶望的な精神科病院の実態を目の当たりにして、精神科医を辞めようと思いました。でも、「拾《ひろ》われた子犬」を自嘲《じちょう》していた自分には、他科の門をたたく勇気などありませんでした。

❖

当時、私がとった行動は、何を見ても心を閉ざし、何も考えずに淡々《たんたん》とやり過ごすことでした。私はある時、一般の方向けの講演でお話をしたことがあります。そして何年も経って最近、同じ地域で再び講演をしました。偶然、二回とも出席していたある方のアンケートに「最初に先生の講演を聞いた時は、すごく冷たい印象だったけれど、今日の先生は別人かと思いました。明るくて、あったかくて、優しい先生になったと思います」とありました。当時の私の態度を物語っています。冷たいと見えるほど、心にバリアを作っていないと生きていけなかったのです。

私は自分の心をごまかしながら精神科医を続けていましたが、研修医二年目の時に再び自殺未遂を起こしてしまいました。

二回目の自殺未遂

きっかけは電気けいれん療法でした。患者さんの頭部に電流を流し、人工的にてんかん発作を起こす療法です。統合失調症や躁うつ病の方の重度の興奮や自殺願望に対して、古くから行われていました。これ以外にも、精神科の教科書にはさまざまな治療の歴史が載っています。低血糖を起こさせるインスリン・ショック療法や高熱を出させる発熱療法、水浴療法など、およそ医学的とは思われない行為が行われていました。

私が研修医として行ったある病院の玄関の横には小さな池がありました。その中には、よく見ると鎖《くさり》を止める金具がついていました。それは水浴療法の跡《あと》でした。歴史上の過去の出来事と思っていた治療法は、抗精神病薬が発見される以前には公然と行われており、病気としてきちんと治療を受けられなかった精神疾患の患者さんの苦難の道が想像されました。このような治療法を経て、精神科の治療が薬物治療中心になったのは無理もないような気がします。

❖

今でも電気けいれん療法は、薬物に反応しない重度の状態の患者さんに対して行われています。私が研修医だった昭和五〇年代後半には、麻酔《ますい》をかけずに施行《せこう》されていました。現在では、全身けいれんを起こすと心血管系に多大な負担がかかるため、麻酔科の医師の管理下で、けいれんを起こさないように麻酔をかけて行われているところが多いようです。

電気けいれん療法を何度も受けていると、患者さんはそのうちに治療の指示をされたのが気配でわかるようになります。治療後には記憶が一時的になくなることがあり、かなりの恐怖感をともなうため、抵抗される方がたくさんいらっしゃいました。

病院へ行くと、その日に電気けいれん療法を受けることになっている患者さんのカルテを渡されます。当然、中には初めて受ける患者さんもいました。どのような理由で、どんな症状に対して、この治療が選択されたのか、腑《ふ》に落ちないながらも、私は指示通りに「拒絶する」患者さんに対して行いました。「何も考えず、淡々と」行いました。

そして私の精神は再び、少しずつ壊れていきました。

❖

ある日、私は先輩医師に電気けいれん療法をしてくれるように頼んでしまったのです。患者さんの恐怖の顔を見ていながら、なぜあんなことを言ってしまったのか、今でもよくわからないのです。たぶん自分の頭の中からすべての記憶を消してしまいたいと思ったのでしょう。

「解離性障害」という病気があります。突然、自分の記憶がなくなったり、自分の記憶がないまま他の人物に入れ替わってしまう症状が特徴です。今から思うと、私が電気けいれん療法を望んだ時の気持ちは、この障害に通じるものがあったと思います。今、自分が抱えている現実やこれまでの過去の記憶を、消しゴムで消すように一気に無くすことができれば、どんなに楽だろうかと思った時に「解離」という症状が起きたのではないかと思います。

実際、解離性障害の方の場合、薬物治療はほとんど効果がありません。摂食障害の患者さんと同じように、子ども時代に親や学校から受けた心理的虐待《ぎゃくたい》が絡《から》んでいます。時間をかけて丁寧に過去のトラウマを聞き取り、少しずつ気持ちの整理をして自分の心の中に納《おさ》まるようにしていくことが、正しい治療だと考えます。しかし医療現場はどこも忙しく、現実には大量の薬物を投与するだけになっている状況です。

❖

電気けいれん療法を頼まれた先輩医師は、とても危険な状態だと思ったそうです。それも当然のことだと思います。自《みずか》ら電気けいれん療法を希望する精神科医なんてめったにいないのですから——。そして断念せざるを得なくなった私は、冷静に仕事をこなすことも次第にできなくなり、再び「死にたい」と思うようになりました。

給料日翌日、病院の事務長に「私はこんなにたくさんのお給料をもらうほど役に立っていないので、お返しします」と言って、全額を事務長室に置いて下宿先に帰りました。そして大量の薬を飲んで、ガスホースを部屋に引き込んで二度目の自殺未遂をしてしまいました。とても寒い冬の日のことでした。私から電気けいれんをやってほしいと頼まれた先輩医師が、直感的にピンときて、下宿先で意識を失っている私を発見しました。

病院へ運ばれ、処置を受けて意識を取り戻した私は、心配して顔を覗《のぞ》き込んでいる先輩医師に「なぜ放っておいてくれなかったのか」と毒づいたのです。本当に未熟な精神状態でした。

二度にわたる自殺未遂《みすい》の後、私は教授から長期療養を言い渡され、見張りが必要だと判断されて父のもとへ返されました。あの時、父には自分がしでかしたことの理由は話せませんでした。父は、母の病気のことは一切誰にも言っていなかったからです。新しい家族のいる実家でぶらぶらと過ごし、ますます体調は悪くなりました。「今度、同じことをしたら、お前を精神科病院へ入院させるぞ」という父の言葉を背に、職場に復帰しました。

❖

私は、患者さんが「死にたい」と何度も言う気持ちがよくわかります。変な言い方に聞こえるかもしれませんが、「死にたい」と声に出すと気持ちが楽になるのです。もちろん、聞いている側は、たまったものではありませんが……。

このような心境に陥ると、決して死は恐怖ではなく、「絶対的な休息」と思えてくるのです。実行を躊躇《ちゅうちょ》させるのは、生への執着ではなく、残していく人たちへの気がかりだけでした。

ある女性医師の死

他人のことなど顧《かえり》みる余裕のない殺伐《さつばつ》とした医局に、私と同じように絶えず死にたいと思っている一人の医師がいました。彼女の抱えていた問題は私とは全《まった》く別のものでしたが、お互い「死にたい」と思っているのが直感でわかるのか、いつの間にか親しくなりました。

私たちは二人でしばしば「どうやって、死のうか」と話し込んでいました。これほど不健康な話題について、よりによって大学病院の精神科医局でよくもしていたものだと思います。

❖

衝撃的な事件が起こったのは、彼女と親しくなって一年くらい経った頃でした。彼女は自宅で首をつって死んでしまったのです。享年《きょうねん》三〇歳でした。無我夢中で彼女のマンションに行くと、まだ身内の方たちは到着しておらず、彼女は一人でベッドの上に横たわっていました。

「どうして自分だけ先に往《い》っちゃったのよ！」と叫びながら、私は彼女の遺体にすがって泣きました。「遺《のこ》される者の気持ち」をまざまざと突きつけられた思いでいっぱいでした。彼女の首の痛々しい索状痕《さくじょうこん》（縊死《いし》をした際に首に残るひも状の痕《あと》）を見て、私はどんなに苦しいとわかっていても、死ぬことを選んだ彼女の顔が何度も浮かび、「自分にはできない」と思うようになりました。

しばらくして、遠く離れた土地に眠る彼女のお墓参りをしました。当時、案内してくれたご両親のやつれた姿が今も目に焼きついています。現役で国立大学の医学部に合格した彼女は、地元の高校では開学以来の秀才だったらしく、新聞に取り上げられたと言って、今も大切にしているセピア色に変色した当時の記事を、ご両親は懐《なつか》しそうに私に見せてくれました。残された家族にとって、その時からずっと時間が止まってしまったのだと思います。

自ら命を絶ち切ってしまうことが、どれほどたくさんの人の人生を変えてしまうかを私は彼女から教えてもらいました。彼女の死は、当時の「待ったなし」だった私の自殺願望を、とりあえず止めてくれました。
しかし、決して私を取り巻く環境が変わったわけではありませんでした。

第6章 母との再会

花街の人

生きることも死ぬこともできなくなり、八方ふさがりで悶々《もんもん》としていた私を助けてくれたのは、精神医療の専門家ではない一人の友人でした。

彼女とは、ある医師からの紹介で知り合いました。当時の私は、かなり暗い顔をしていたのだと思います。その医師は、一目見ただけで「この人は病んでいる」とわかったそうで、「自分もすごく悩んでいた時に、この人に相談したら気分が楽になったんだよ」と言って、彼女に会うことを勧《すす》めてくれました。

あまり期待することもなく、言われるままに彼女に会ったのですが、私が今までに会ったことのないタイプの、精神的にかなりパワフルな人で驚きました。まるで「教祖《きょうそ》」にでもなれそうなくらい、人の心にグイグイ入り込むような語り口を持った人でした。実は、彼女は私以上に壮絶《そうぜつ》な人生経験をした人でもあったので、これまで周囲の人の励《はげ》ましや説得には耳を貸さなかった私の心も、彼女の言葉には素直に従えたのです。

❖

彼女の住んでいたところは、日本でも有数の「花街」（芸者さんたちの多く集まる地域）と呼ばれる場所でした。彼女はこの「花街」に嫁《とつ》いできた若奥さんでした。

知り合ったばかりの私を、彼女は何の躊躇《ちゅうちょ》もなく自分の家に泊めてくれました。紅《べん》がら格子《ごうし》の家の窓から外を見ると、ごく当たり前の光景として芸者さんたちが歩いていました。まるで別世界に飛びこんでしまったようでした。

そこで彼女は、きちんとしつけられずに育った私に、女としての気の遣《つか》い方・立《た》ち居振《いふ》る舞《ま》い・料理の仕方や皿の洗い方にいたるまで、すべてを教えてくれました。その他にも「女の子はね、お化粧すると明るくなれるのよ」と言って、化粧の仕方まで手取り足取り教えてくれて、まるで天から突如《とつじょ》、姉が降ってきたようでした。「女は花束のような言葉を話さないとダメよ」。彼女のこの言葉は、今も私の話し方に活《い》きています。

彼女のおかげで「人とのつき合い方がわからない」私の劣等感は、いつの間にか消えていました。今も、当時のことを思い出すと夢のような時だったと思います。彼女とは、ある事情のために今は音信が途絶《とだ》えてしまいましたが、私が一歩、階段を上り始めるために確実になくてはならない人だったと、心から感謝しています。

❖

私が二回目の自殺未遂をした時、彼女は次のように言いました。「あなたは、お母さんと会わないと幸せになれないよ。幸せになろうとも、思えなくなるよ。一緒について行くから、お母さんに会いに行こう！」そう提案したのです。母のことは彼女には打ち明けていましたが、今までは黙って聞いてくれることがほとんどでした。そして「天涯孤独《てんがいこどく》なんだね」と彼女から言われた時は、母のことを話して良かったと初めて感じることができて、思いっきり彼女の前で泣きました。

彼女は「頑張れ」とか「しっかりしろ」などと励ますかわりに、行動を起こすエネルギーを与えてくれました。そして母のもとへ一緒に会いに行ってくれたのです。「人が人を助けるために重要なのは、専門知識や肩書きではない」と、この時私は気づきました。彼女の熱意と行動力が、頑《かたく》なだった私を動かしたのです。

もう一つ重要だったことは、「タイミング」です。私がその時、一番参《まい》っていた時期だったからこそ、私は彼女の提案を受け入れたのです。「聞く耳を持つにはタイミングが必要だ」――。このことは、その後、自分が患者さんと向き合う時に、患者さんそれぞれの治るスピードを尊重する意味づけとなりました。

再び北海道へ

忘れもしません。あれは私が医師になって四年目の冬のことでした。花街の友人に背中を押されるようにして、私は北海道行きの飛行機に乗りました。故郷の雪景色を見るのは、一〇年ぶりのことでした。

母は、自宅で待っていてくれればいいものを、よほど嬉しかったのか、空港まで迎えに行くと言いました。当時の北海道は、今のように除雪《じょせつ》もままならず、道路だって整備されていません。道の両端には、雪が人の背丈よりも高く積もっていました。

それでも母は、雪で大変な道路をかき分けながら、自宅から二時間もかけて空港にやって来ました。空港から町へ出るバスの一台一台に乗り込み、私の名前を大きな声で呼んで探していました。あまりに大きな声だったので、私は嬉しいというよりも、むしろ恥ずかしくなってしまいました。

バスに乗っていた私を探し当てた母は、まじまじとわが娘を見て「うん、うん。きれいになった」と言ってくれました。私も一〇年ぶりの母を見て「ずいぶんと小さくなったなあ」と思いました。私より背丈《せたけ》が大きかったはずの母は、体重が三六キロしかなく、私の肩ほどに小さくなっていました。

自宅近くのバス停で降りて家へ向かう時も、私がちゃんと後ろをついて来ているかを確かめるように、母は何度も振り返り、そのたびに「もうちょっとだからね」と言いました。見かけは母よりも大きく成長した私ですが、「母にとって私は子どものままなんだなあ」と思いました。

母は祖父が建てた家に一人で住んでいました。父との離婚後、実家に戻った母はしばらくは祖父と祖父の後妻さんと三人で暮らしていました。しかし、母と後妻さんの折り合いが悪く、母の症状が悪化したため、祖父は後妻さんと離婚して母との二人暮らしとなりました。二人暮らしになってからは、母の症状は落ち着いたようでした。

しかし、そんな日は長くは続かず、祖父は数年後に亡くなり、それからずっと母は一人暮らしをしていました。祖父が亡くなった後も、「二人で生活していた頃は楽しかった」と言って、二人が暮らした居間で、母は懐《なつか》しそうにしていました。母の生活は精神障碍《がい》者年金と訪問介護のヘルパーさんだけが頼りでした。彼女は精神科医の娘がいながら、たった一人、北の町で生きていたのです。

雪道をかき分け、やっとの思いで家に着いて玄関を入ると、鶏肉を焼いた匂《にお》いがしてきました。それは私が子どもの頃、毎日食べたおかずの匂いでした。当時、電子レンジはとても高価だったので、我が家にはありませんでした。母は鶏の足をアルミホイルに包み、コンロの上で焼いたものを毎日、私の夕食に出しました。この方法だと、お鍋《なべ》もフライパンも使わないので、洗い物も出なくて済むのです。私はこの時期、一生分の鶏肉を食べたと思います。

母は私を歓待しようと、毎日作ったこの料理を思い出したのでしょう。私にとっては二度と食べたくないメニューでしたが、母の精一杯の歓迎の気持ちを察して食べ続けました。

❖

母が一人で暮らしていた部屋を見回して一番驚いたのは、物が散乱《さんらん》して汚かった部屋のことよりも、暖房のほとんどが壊《こわ》れていたことでした。小さな電気ヒーターが一つあるだけの部屋の外は、零下《れいか》の寒さです。母に聞いてみると、ずいぶん前に石油ストーブは壊れてしまったそうです。

寒さで震えている私を見て、母は「もっと、こっちへ寄ったら」と言って、ヒーターの傍《そば》に来るように手招《てまね》きしました。

私は母の横にピッタリとくっついて座るのをためらっていました。すると、母は「お母さんのこと、気持ち悪いかい?」と聞いてきました。

この言葉を聞いて、私は泣き出しそうになりました。母にこんなことを言わせてしまったのは一〇年間も放っておいた自分なのだと、我が身を責《せ》めました。

母のこの言葉は、冬の北海道の凍《い》てつく寒さの記憶とともに、母が亡くなった今でも、私の耳に残っています。

神様からの贈り物

母が敷《し》いてくれたカビ臭《くさ》い布団《ふとん》で眠り、翌日の朝すぐに暖房器具を買いに行きました。帰る日には、あまりに母が寂《さび》しそうにしていたのでカラオケの機械も買いました。昔、病気になる前の母は歌が好きで、よく歌を歌っていたのでとても上手でした。母はとても喜び、早速歌い始めたのですが、あまりに音程がずれているのでびっくりしました。

こうして友人の介添《かいぞ》えによって、私は母と一〇年ぶりの再会を果《は》たしました。母は後に「娘との再会は神様からの贈り物」と主治医に言ったそうです。

しかし、一〇年ぶりに会った母は小さくやせ細っていただけではなく、服薬によるひどい副作用にも苦しんでいました。にもかかわらず、私は母を喜ばせたい一心で高級レストランに連れて行きました。その時、母は副作用による手の震《ふる》えのために、ナイフとフォークを床に落としてしまいました。今思えば副作用に苦しむ母にとって、ボーイさんが常に横に立っているようなかしこまった場所は緊張してしまい、嬉しいどころではなかったはずなのです。そんなこともわからず、私は今まで母を一人ぼっちにしていた償《つぐな》いのつもりでとった自分の行動の浅はかさを、今は恥じています。

この当時、母はまったくと言っていいほど人の目を気にしなくなっていました。二人で信号待ちをしている時も、その場でしゃがみこんでしまったり、相手の予定などお構《かま》いなしに行動するので、一〇年ぶりに会ったにもかかわらず、私は感情的になってしまい、母を怒ってばかりでした。専門家として失格の行為です。それは決して母のせいではなく、すべて病気によるものなのですが、二四時間一緒にいるとさすがに疲れてしまいました。

私が滞在中も、ヘルパーさんがときどき来てくれていましたが、母のことは手に負えないとたびたび苦情を言われました。「あなたのお母さんのやっていることは、人間のやることじゃない」と言われた時は、とてもつらかったです。ヘルパーさんからの苦情のたびに母の病気の説明をしましたが、結果的に何人も交代することになりました。私は精神科医になって四年目でしたが、自分が今まで患者さんやご家族に対していかに表面的に対応してきたか、そして副作用の深刻さも理解していなかったことが思い知らされました。

この頃、母と一緒に撮影した写真があります。思い切りオシャレをして、楽しそうに笑っている母とは対照的に、私はとても憂《ゆう》うつそうです。母との再会は嬉《うれ》しかった反面、「これから自分

一人で母を抱えていけるのだろうか」という不安でいっぱいでした。

❖

私は、この再会の時に初めて、母の主治医に自《みずか》らの意志で会いました。そしてこの時、初めて正式に主治医から母の病名を聞きました。母の発症から二〇年が経《た》っていました。主治医は「これからは娘さんが主治医ですね」と言ってくれましたが、私が一〇年ものあいだ放置していた時にずっと母を診てくれたその医師に、私はとって替《か》わることはできないと思いました。

北海道での再会後、母が七八歳で亡くなるまで、私は精神科医としてではなく、たった一人の娘として、孫を会わせに行ったりして穏《おだ》やかな交流ができたことは、私にとってのわずかな救いとなりました。

父の怒り

北海道で母に会ったことを、しばらくの間は父や義母に隠《かく》していましたが、いつまでも後ろめたい思いを抱えていることはできませんでした。父とは一度でいいから、母について腹を割って話をしたいといつも思っていました。私は一人っ子なので、私が母のことを見捨てるわけにはいかないことは、父もわかってくれるだろうと考えました。そして、母と会ったことや母の暮らしぶり、そして母の病気について手紙に書いて父に渡すことにしました。

しかし、離婚して一〇年以上経っているにもかかわらず、父の母に対する嫌悪感《けんおかん》は根深く、私の手紙がとんでもない波紋《はもん》を引き起こしてしまうことになりました。

❖

父は手紙を読むと「お前の気持ちはわかった。そういうことなら、今すぐお前の戸籍《こせき》をこの家から抜《ぬ》いてくれ。それが嫌なら、裁判所へ行って相続放棄《そうぞくほうき》の手続きをしろ」と言いました。そばには義母が黙って立っていました。

父にしてみれば、義母への気兼《きが》ねもあったのでしょう。私の不始末のために、大学の教授会にまで出かけていってくれた義母に対して、私以上に父も大変感謝していたので、私が勝手に会いに行ったことは裏切り行為に思えたのかもしれません。

夫婦は離婚すれば他人になれますが、親子はそれほど簡単ではありません。母の父親（私の祖父）が、発病した母を引き取るために後妻さんと離婚したことを思い出しました。親は我が子のためなら命がけで行動するのです。でも夫婦の関係は違います。父には父の人生があり、父は母と離婚することで、母の人生とは無関係に新しい人生を選ぶことができるのです。

❖

あれほど放蕩《ほうとう》を重ねた父でしたが、義母と再婚してからはすっかり家庭的な人になりました。父の変わりようを見て、人の縁とは不思議なものだと思いました。父と母の間違った結婚の結果によって「私」という人間が生まれてきたのだろうかと、突《つ》き詰《つ》めて考えてしまうようになりました。

母と再会し、病者と生活することがどんなに大変かを今さらながら知った私は、父の選択を責《せ》める気持ちにはなれませんでした。むしろ、もし父と同じ立場であれば、私も同じ選択をするかもしれないと思いました。そして私は「まだ結婚もしていないのだから、戸籍を抜くことだけは勘弁《かんべん》してほしい」と訴《うった》え、相続放棄を選びました。

裁判所に行き、相続放棄の申請《しんせい》をしていると、係の人から「私には、あなたが相続放棄をしなくてはならないほど悪い人には見えませんが」と声をかけられた時には、泣きたくなりました。私にとってとても屈辱《くつじょく》的なことでした。

手続きを済ませて裁判所を出ると、義母が門のところで待っていました。義母は父に買ってもらったダイヤの指輪をはめ、新しく誂《あつら》えた服を着ていました。それは、私への勝利宣言だったのでしょう。この時、「なさぬ仲」とはこういうものかとあらためて思いました。

今、自分が結婚して妻や親の立場になってみると、あの時の義母の気持ちが少しはわかるようになりました。もとの家族を壊してまで新しい家族を作るのは大変な作業であり、大きな痛みを伴《ともな》うことです。きっと、誰もがハッピーになれる選択などないのだと思います。

だからこそ、私は結婚したらどんなことがあっても、自分が手に入れた家族を守ろうと思いました。「幸せは我慢《がまん》から」――これは、結婚式でスピーチを頼まれると、若いカップルに必ず伝える言葉です。縁あって家族になることは、当たり前ではなく大変な努力が必要なのだと、若い方たちに知ってほしいのです。「家族」は人間が生きていくうえでの生きがいとなり、支えとなる大事なものですが、手を抜くとすぐに壊れてしまう繊細《せんさい》なものでもあるのです。

私の両親も幸せになろうと必死だったと思います。しかし、もろくも壊れてしまいました。今を一緒に暮らせるのを当たり前と思わず、家族という「壊れ物」にはいつも手入れをして、感謝の気持ちを忘れずに、「感謝」という栄養が何よりも必要なのだと思います。

第7章

私を強くしてくれた人たち

思いがけない一言

私はとても弱く、情けない人間でした。そんな私を強くしてくれたのは、たくさんの人たちとの出会いですが、これから述べる三人とは私が最もつらかった時に出会いました。

相続放棄の手続きをして落ち込んでいた私に、さらに追い打ちをかけたのは、あの花街の友人でした。ある日、彼女から手紙が来ました。文面には「北海道行きは出張扱いとなりますので、一日一〇万円を請求させていただきます」とありました。

私は同行してくれる彼女に、事前に飛行機代と宿泊代を渡していました。彼女がついて来てくれることでどんなに心強かったか、私は感謝してもしきれないと思っていたので、いずれお礼の気持ちを何らかの形で渡したいと思っていました。私は「出張」という文字を見て、愕然《がくぜん》としました。

そうか……私は彼女を「心の姉」と勝手に思い込んでいたけれど、彼女にとって私は単なる「ビジネスの対象」でしかなかったんだとわかった時、私は呆然《ぼうぜん》と立ち尽《つ》くすしかありませんでした。私は再び天涯孤独《てんがいこどく》になってしまったと思いました。泣く気力すらありませんでした。

彼女からはその後も「相談料として毎月五万円を振り込んでください」と言われました。私にとっては、裏切りとも取れるような屈辱的《くつじょくてき》な申し出でした。彼女からは「あなたから振り込まれたお金は、自分の欲のために使うのではなく、世の中を良くするために、必要としている人に渡します」と説明がありました。

❖

常識的に考えれば、私は騙《だま》されていたんだと言われても仕方ないかもしれません。でも、私は彼女の家に泊まらせてもらい、実の母親が教えてくれなかった礼儀や世間の常識を身につけてもらいました。それはとても有難い経験だったと思っています。ですから、「きっと彼女は、本当に私からのお金を困った人たちへ渡しているんだ」と信じようと思いました。あの時の自分には帰る家がなく、彼女の手を放したら、きっとまた自殺を考えてしまいそうだったのです。

私は「他人の家のゴタゴタに口を挟《はさ》んでくれる物好きな人なんて、そう簡単にはいないだろう。一〇万円払ったって、相談に乗ってくれる人はなかなかいない。そう考えれば、良い授業料だと思って支払えばいい」と自分に言い聞かせることにしました。開き直ることができるようになった私は、自分でも気づかないうちに少しずつ強くなっていきました。

一歩を踏み出す

天涯孤独の状態であることを思い知らされるのが、「お正月」や「お盆」の時期でした。普段は「淡々《たんたん》と」仕事をしていれば時間は過ぎていきます。でも、たまの長い休日は、普段あまり気にしなかった「家庭の団らん」を意識させられてしまい、一人でいるのがこれほど寂しいものかと身につまされるのでした。

そんな時期だけは彼女へ電話をして話をしたり、彼女の家に遊びに行っていたのですが、だんだん「五万円払うくらいなら、もう少し自分で考えてみよう。休日も人に頼らずに、自分だけで過ごせる何かを見つけてみよう」と、考えるようになったのです。

そして、徐々《じょじょ》に彼女へ電話することも彼女の家へ行くことも少なくなってきた時、私は彼女へ「料金」の振り込みをやめました。もう生きることも死ぬこともできない八方《はっぽう》ふさがりの自分ではなく、過去の不幸を恨む自分でもありませんでした。そこには、自分の足で、自分の責任で歩こうとしている「私」がいました。

❖

私の変化は、後に治療者として患者さんと接するようになった時、依存させてばかりいるのは決して良い治療ではないと考える根拠となっています。そういう意味でも、彼女には「ありがとう」とお礼を言いたいのです。

病気になった時、人は前にも後ろにも行くことができず、立ち止まってしまった状態であると思います。どこへ向かって進めばいいのか、本人にも周囲にもわからない時期もあるでしょう。でも「とりあえず一歩踏《ふ》み出す」ことが回復へとつながるのだと思います。片足を一歩宙《ちゅう》に浮かせてみたら、当然もう一つの足も自然に動くことになるのです。その一歩は、決して大きな一歩である必要はないのです。

私の外来に来る五〇代の患者さんが「自分の人生なんて、何もいいことがなかった。子どもの時は親に逆らえず、結婚するまでずっと親の言いなりだった。結婚したら、夫の借金の始末と姑《しゅうとめ》の介護に明け暮れ、子どもたちは好き勝手なことばかりしている。私の人生は何だったのか。生まれてこないほうがよかったのに！」と訴《うった》える人がいました。このような方は決して珍しくありません。

五〇代という年代は枯《か》れてしまうにはまだ生々しく、かといって未来に夢を描くにはもう遅いと思い込んでいる人たちが多いようです。こういう方たちに対して、今盛んに宣伝されている抗うつ薬を中心に治療をするのは、疑問が残ります。

私は患者さんに「人が変わるのに、締《し》め切《き》りはありません」と言い続けています。そして「もう手遅れだと悲観することなく、昨日とは違った〝何か〟を〝一歩ずつ〟やってみましょう」と提案しています。

「そんなことをして何になるんだ」「五〇歳過ぎた人間が変わるなんて、信じられない」と反論されることもありますが、実は「たかが一歩」と思っていても、「自分の足」を動かすことは、その人の心まで変えてくれるのです。心が変われば運命も人生も変わるのだと、私は思っています。

在日韓国人の「すみちゃん」

寂しくて仕方ない休日の過ごし方をもっと具体的に充実したものにしようと思った私は、くよくよと考え続けるのをやめて、体操教室へ通うことにしました。振り返って考えると、何の目的も持たずに通い始めた体操教室への一歩が、私の人生に大きな変化をもたらしました。この後、運命の流れがうねるように変わり始めたのです。

❖

体操教室へ通っても、相変わらず寂しい日々でしたが、「花街の人」に頼ることで不安はかえって大きくなるとわかってきたので、もう彼女に頼るのもやめました。

その日、私は遅刻しそうだったので、教室の階段を慌《あわ》てて駆け上っていました。その時、勢いよくぶつかってしまった人が「すみちゃん」でした。ぶつかった拍子《ひょうし》に相手の荷物が床に落ちてしまったので、私は謝《あやま》りながら荷物を拾《ひろ》って渡そうと目が合った瞬間、「この人は私と同じ目をしている」と思いました。それからずっと、その人のことが気になるようになりました。

体操教室へ行くたびに、私が彼女をじっと見つめるからなのか、次第に相手も私を気にするようになり、ある日どちらからともなく「お茶でも飲もう」ということになり、その後私たちは少しずつ親しくなっていきました。

私は「花街の人」のこともあって、かなり用心深くなっていました。医者という職業は、お金目当てに寄ってくる人もいるのではないかと疑うようになったのです。ですから、すみちゃんには私の職業をしばらくは伏《ふ》せていました。でも嬉しいことに彼女は、私のことを「いっちゃん、いっちゃん」と呼んで、職業のことなど意に介《かい》さずにつき合ってくれたのです。

❖

彼女はなぜ私と同じ目をしていたのか、しばらくつき合ううちにわかりました。彼女は在日韓国人の二世でした。私たちが知り合ったのは昭和六〇年代であり、まだ今のような韓流《はんりゅう》ブームもなく、彼女のような人たちに対する偏見が根強い時代でした。

彼女もまた「休日が寂しい」人でした。彼女には恋人がいましたが、その人には妻子がいたのです。不倫関係を親から責《せ》められ、正月に実家に帰ることを許されていませんでした。私より二つ年上の彼女は一六歳で結婚し、高校を中退。その後、一九歳で出産し、離婚も経験していた彼女は、私よりはるかに濃《こ》い人生を経てきた人でした。

元日の朝も、二人で作ったおせち料理を小さな重箱に詰《つ》めて彼女の部屋で一緒に食べました。すみちゃんは、笑いながら「神様が寂しそうな女が二人いるからって、引き合わせてくれたんだね」とよく言っていました。

❖

ある日、すみちゃんは「いっちゃんは絵が好きなんだから、絵を習ってみたら」と勧《すす》めてくれました。子どもの頃、友だちのいない私は家にいる時には読書や勉強をしたり、絵を描いて過ごしていました。大人になってからも、私がよく手紙に花の絵を描いたりしていたのを、彼女は見ていたのでしょう。

私は、彼女の提案をすんなり受け入れて、ある画塾に通い始めました。体操教室と画塾に通うことで、私の休日はかなり充実したものになっていきました。市の展覧会に入選するようなこともあって少しずつ自信がついて、勤務していた病院の廊下に自分の絵を飾ってもらうようにもなり、絵を描くことをとても楽しんでいました。

私の人生の大きな転機を作ってくれたすみちゃんは、その後進行がんにかかり、三六歳で亡くなりました。すみちゃんとつき合っていた期間はほんの三年ほどでしたが、私にとっては一生忘れられない人であり、初めてできた「友だち」でした。

❖

余談《よだん》ですが、当時、私の勤務する病院にアルバイトに来ていたのが今の夫です。夫はとても無口な人で、大学の生理学教室で毎日、生物学的精神医学を研究していました。出会いが同じ病院だったというだけなら、単なる「通りすがりの関係」に終わっていたかと思いますが、彼とは意外なところで縁がありました。

夫の教授が水彩画を趣味にしていたのです。教授室の中は「この人は本当に科学者か」と思うほど、画材で一杯でした。彼が教授との会話の際に、「アルバイト先の病院に、水彩画を描く人がいる」と言ったのがきっかけで、私はそこへ頻繁《ひんぱん》に出入りすることになりました。

教授室や医局に自由に出入りしてよいと言われ、せっせと描いているうちに夜遅くなり、まだ実験で残っていた彼に送ってもらうことがよくありました。

これが夫との出会いでした。

ターミナルケア（終末期医療）

研修医はひと通り研修を終えると、精神医学の分野の中からてんかんや脳波などの脳疾患、あるいは社会精神医学というように、専門にするものを選ばなければいけません。確固たる動機づけもないまま精神科に入局した私は、とりたてて専攻したいと思うものがありませんでした。ただ一つ、これだけは研究テーマにしたくない分野がありました。それは「統合失調症」でした。「母と同じ目」「母と同じ震える手」をした人たちとできるだけ会いたくなかったのです。

❖

ちょうどその頃、アメリカの精神科医キューブラー・ロスの『死ぬ瞬間』（読売新聞社、一九七一年）が世界的なベストセラーになっていました。ロスは死にゆく人たち数百名にインタビューをして、死への過程にはどんな援助が必要かを考える研究をしていました。現在ではよく耳にするようになった「ターミナルケア」です。

教授は、ターミナルケアをするのは女性医師のほうがいいと思われたようで、その年に入局した女医は私一人だったこともあり、ターミナルケアを専攻するように言われて、あっさり決まってしまいました。

大変深刻な状況をテーマにする研究ですから、そんなに簡単《かんたん》に決めてはいけなかったのですが、当時の私は何もかもが投げやりでした。覚悟《かくご》も何もなく、ホスピス（末期がんなどの患者さんを尊厳《そんげん》を持ってケアする施設）へ研修に行くことになりました。

❖

まず何よりも自分自身が「死にたい」と考えていた私が行った先は、皮肉なことに「死」が満ち満ちていました。「死への恐怖」「他の誰でもなく、なぜ自分が？」という矛盾《むじゅん》と闘っていたり、一方では死を受け入れようとする人たちもいました。患者さんの存在感は圧倒的で、医師になって二年目の私が簡単に声をかけられるような状況ではありませんでした。

何日も通いながら、誰とも話ができないでいる私を気の毒に思ったのか、ある患者さんが私を手招きして「何でも聞いていいですよ」と言ってくれました。骨と皮だけのように痩《や》せてしまって、ほんの一言話すことさえも息苦しそうでしたが、ご自分の若い頃の話やホスピスでの日々のことを私に話してくれました。死の淵《ふち》にありながら、見ず知らずの年若い新米《しんまい》医師の私にまで気を配ることができるなんて、どうして人はこんなにも優しくなれるのだろうと思いました。

❖

この間に、私にとって一〇年ぶりの母との再会という大きな出来事がありました。花街の友人やすみちゃんとの出会いもあり、少しずつ前向きになっていった私は、偶然自分に与えられた「ターミナルケア」というテーマについて、真剣に取り組んでみようという気持ちにやっとなれたのです。私を手招《てまね》きして話をしてくれた患者さんの優しさはどこから生まれるのだろうと思ったことも、一つのきっかけでした。

柏木哲夫先生との出会い

私が派遣《はけん》されたホスピスは、内科医が主治医をしているホスピスでしたが、当時、日本にはもう一つ、精神科医の柏木哲夫先生（現在は金城学院大学・学院長）が運営する「淀川《よどがわ》キリスト病院ホスピス」がありました。私はぜひこのホスピスを見学してみたいと思い、柏木哲夫先生に手紙を出しました。

私の精神状態は、このように積極的な行動をとれるまでに回復していました。母との再会で心の膿《うみ》がほんの少し出せたことや、私よりはるかに苦労しているにも関わらず、力強く生きている、医療とは別の世界で生きる人たちの存在を知ったことが原動力になったと思います。

人は人によって変わり得ると思います。「人は人を浴《あ》びて人になる」（草柳大蔵『午前八時のメッセージ99話』静岡新聞社、二〇〇九年）という言葉は、決して〝幸運な〟出会いばかりではなく、それまでのさまざまな出会いの一つひとつが意味のあるものだと捉《とら》えようとする考え方だと思います。このことが、以前の自分にはどうしてもわかりませんでした。

今、母のことも含めて、たくさんの人の光も影も浴びて「私は、私としてここにいるんだ！」と捉えることができるようになりました。そしてやっと「自信」が持てるようになりました。

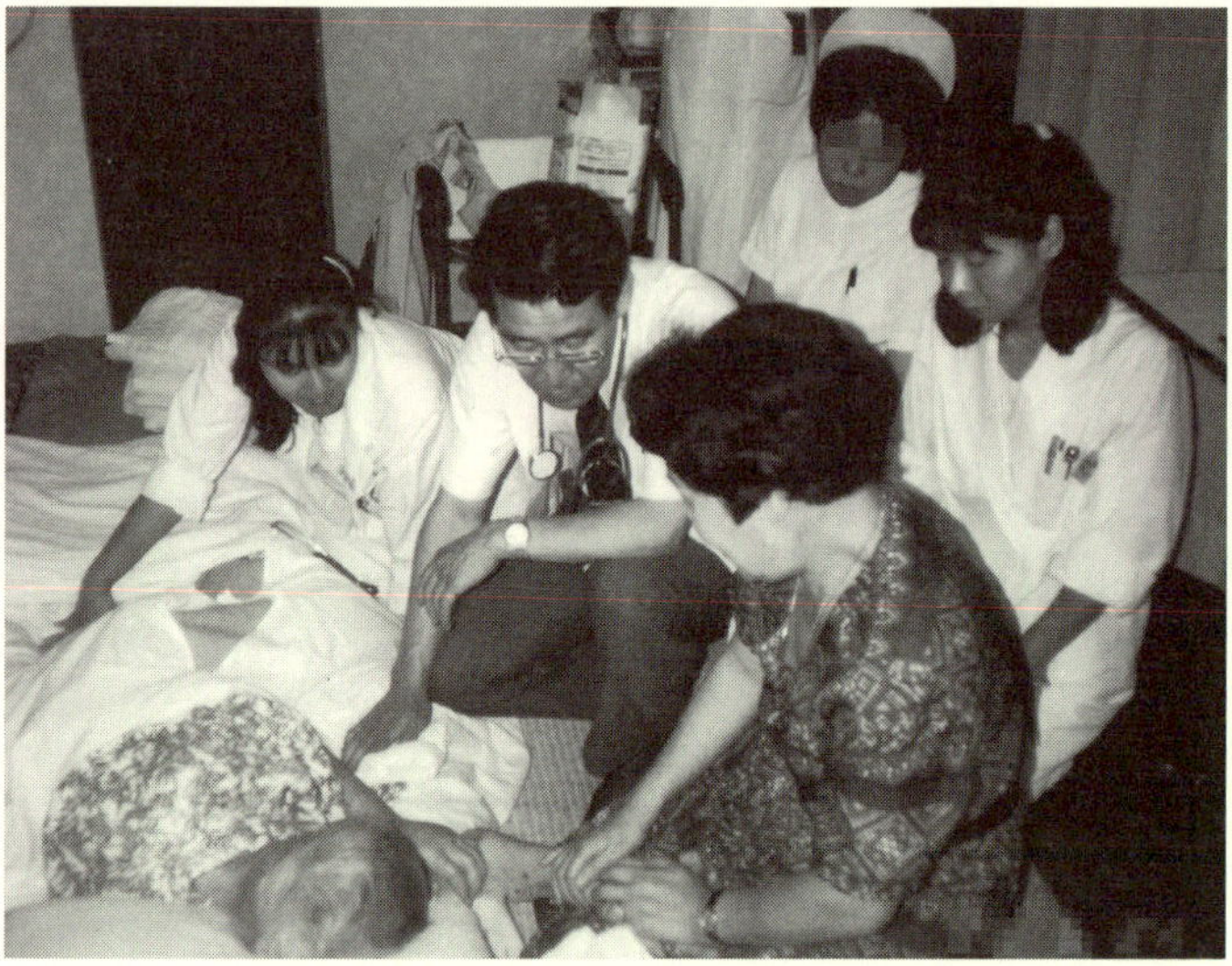

柏木先生と筆者（右端）

柏木先生は、教授からの紹介も何もなく、出身大学も異なる（病院というところは、特定の大学の出身者が集まるという「〇〇大学系列」と呼ばれる特殊な場所でした）私の手紙を読んでくださり、見学を許可してくださいました。

初めてそのホスピスに足を踏み入れると、そこはとても静かで落ち着いたところでした。悲哀感や苦しみが漂っているのではなく、「静かな希望」さえ感じられる場所でした。

すっかりこの雰囲気に魅《み》せられた私は、一回きりの見学のつもりが、とうとう三年間も通ってしまいました。私は常勤医をしていた病院の院長に「必ず患者さんに還元《かんげん》するから、月に一回、大阪へ行く休みを下さい」と頼みました。

ここで私が得たものはとても多かったです。その中で、今でも私の診療に息づいていることが二つあります。

一つは「ターミナルケアはチーム医療」という柏木先生の診療姿勢です。それまで、大学病院における「医局の縦割り世界」しか知らなかった私にとって、ホスピスでの回診や症例検討会の討論は新鮮でした。柏木先生は、患者さんにとって適切だと思えば、たとえ〝新米《しんまい》〟ナースの提案であっても採用しました。チームの一員として、経験の多少にかかわらず同じ立ち位置で考えておられました。検討会の雰囲気は、大学の医局のようなピリピリとした雰囲気とはまったく違ったのです。

❖

柏木先生ほど腰の低い、誠実な医療をしている方を、私は過去にも現在にもお会いしたことがありません。私にとってまさに「心の恩師」です。このような方と出会えたのはとても幸運だったと思います。

柏木先生から教えていただいたことは、患者さんと同じ目線で物事を考える姿勢です。先生はよく駄洒落《だじゃれ》を言っておられたのですが、ある日私に「あなた作る人、私食べる人」という、当時流行《はや》っていたカレーライスのコマーシャルを言い換えて、こう言われました。「『あなた死ぬ人、私生きる人』ではなくて、『あなた死ぬ人、私もいつか死ぬ人』という覚悟を持って患者さんの枕元に立ちなさい」――そう諭《さと》されたのです。

その頃、私は闘病末期の患者さんのベッドサイドに立つのがとても怖かったのです。回診中も柏木先生の陰《かげ》に隠《かく》れるようにしていました。自分一人で患者さんと向き合った時、どう接すればよいのかまだわかっていませんでした。そして、先生のこの言葉を聞いて、私は自分の気持ちを先生に見透《みす》かされた気がしました。

いつかやって来る「その日」のために

ホスピスでの研修を重ねるうちに、「死」とは以前の私が切望した「不幸からの逃避」でもなければ、話題にするのも憚《はばか》られるような「嫌悪するもの」でもないことが、少しずつわかってきました。「死」とは、ホスピスの患者さんだけに特別に訪れるものではなく、誰にでも訪れることなのです。

そう思えた時、怖がるのでも、逃げるのでもなく、いつか来る「その日」をしっかり迎えようとする気持ち、そして「その日」までしっかり生きようとする思いを持つことが、末期の患者さんと共有できる思いだと気づきました。そして、ターミナルケアの「心」とは、人間すべてに必要なものだと考えるようになりました。人間は一〇〇パーセント、死を避けられないからです。

闘病した人にとって、「死」は敗北ではないのです。

❖

統合失調症をはじめとする精神の病いをもつ患者さんの中には、「死にたい」と思っている方が少なくないと思います。その思いの大部分は、「孤独な心」にあると思います。

人間同士の思いやりのある関わりが時として障害される病気のため、自分の一番大切な人との関係も壊れてしまうことがあります。私と母、父と母がそうでした。

人間は社会的な生き物なので、長期に孤独な状態が続くと、行き着くところが「死にたい」となってしまうことを、医療者は理解しなくてはいけないと思います。「自殺なんていけません」と安易に諭《さと》す前に、患者さんや家族と同じ目線で物事を考えてみることが大切だと思います。

人は、いつ何時どんな運命が待っているかわかりません。「あなた、病気の人。私、治す人」という姿勢は、かつてホスピスで私がとっていた「あなた死ぬ人、私生きる人」という態度と同じです。このように考え続けてしまうと、「死」は怖いだけの存在になってしまうと思います。覚悟を持って、自身の問題として「死」と向き合わない限り、死の恐怖は消えるものではありません。これは精神医療の世界だけではなく、生きている人みんなに必要な考え方だと思います。「あなた病気の人、私も病者の家族です」――これは今、私が患者さんやそのご家族と接する時の私の思いです。精神医療に携《たずさ》わっていこうとする人は、このような思いで患者さんやご家族に接してほしいと思います。

柏木先生からの教えは、医師としてだけでなく、人間として生きるための私の宝物になっています。

ある患者さんとの出会い

気持ちの整理というのは一足飛びにできることではないのだとつくづく思います。その時々のタイミングで、目の前にある葛藤《かっとう》や不安を一つひとつ丁寧《ていねい》に解決していかないと、積もり積もった感情の山はいつかその感情の持ち主の手を離れ、暴走してしまいます。

このことを証明するかのような患者さんと、私は出会いました。彼は高校一年生の時に、父親に連れられて私の診療所を受診しました。受診の理由は不登校でした。高校は欠席日数が多いと進級できません。診療所に来た時には、すでに彼の留年は決まっていました。

「留年する気はありません。学校は辞《や》めます」と、彼は初対面の私にはっきりと言いました。彼の父親は生活に疲れ切った様子で、息子が何を言っても目をつぶって黙《だま》っているだけでした。

❖

彼に不登校の原因を尋《たず》ねると「理由を聞かれても困るけど、小学校の時から自分は他の人より劣《おと》っていると思っていた。親友と呼べる人もいないし、人とどんなふうにつき合っていいのかわからない」と言いました。

実際の彼は、成績も上位の真面目《まじめ》な生徒で、問題を起こしたことは一度もありませんでした。性格的にはおとなしく、あまり自己主張するタイプではなく、将来は弁護士や検事になりたいという夢も持っていました。しかし、思春期に入って人との関係に敏感になると、些細《ささい》な失敗も気になり、自己否定感が強くなってしまいました。そして、そのことを修正してくれる人も彼にはいなかったのです。

その後の面談で、彼が三歳の時、母親が精神変調をきたして精神科病院へ入院していることがわかりました。退院してからも寝ているだけで何もできなくなり、父親が働きながら息子たちの面倒《めんどう》をみてきました。男手による育児なので、行き届かないことも多かったのでしょう。クラスメートから持ち物や衣服のことで「汚い」「キモい」とからかわれたり、メガネや靴《くつ》を隠《かく》されたことも彼の自己肯定感を損《そこ》ないました。

一方、彼の弟は要領が良く、友だちも多かったようです。母親が調子の良い時には甘え、欲しいものを買ってもらい、調子が悪そうだと近づかないようにしていました。しかし、彼のほうは母親が調子が悪そうだとかえって気になって近づいてしまい、暴言を吐《は》かれるようなことがたびたびありました。私のところを受診した時には、彼はすっかり投げやりな青年になっていました。当時の彼との会話はとても他罰的《たばってき》な内容ばかりでした。

彼「人類なんか、滅《ほろ》んでしまえばいい！」

私「どうして？」

彼「人間は悪いことばかりして地球を汚しているから」

吐《は》き捨《す》てるように言った彼の荒《すさ》んだ目が、私の頭から離れなくなりました。

彼「生まれてきたからには、世の中に何か変化を起こしたかった。できれば、先端技術の開発をしたり、政治家になって良い制度を作るとか、良い方向の変化。でも、もうそれは自分には無理だから、悪い変化を起こしたい！　それで世の中が気づくんだったら意味があると思う」

私「悪い方向の変化って？」

彼「殺人とかマスコミが騒《さわ》ぐようなこと。それだって世の中に変化を起こすことになるから」

私「お母さんのことはどう思っているの？」

彼「もともと理不尽《りふじん》な人ですからね。僕は、あの人には何も期待していません」

その後も「僕もいずれおかしくなると思うから、そうなって何もできなくなる前に何かしておきたい」「自分と他の同世代との違いを、ときどき妄想《もうそう》で埋《う》めている自分がいる。自分がものすごい破壊力を持っているような気がして、誇大《こだい》妄想的な自分がいる」と言葉だけで伝えるのでは飽き足らず、真夜中にバイクに乗って、猛《もう》スピードで逆走するなど自虐《じぎゃく》的な行動を繰り返すほどになりました。

❖

私には、彼の破滅的な考え方が手に取るように理解できました。ついこの前まで、私も彼と同じ考えだったからです。私は単に「治療者」としてだけではなく、同じ思いをしている一人の青年の人生を心から何とかしたいと思いました。

彼は、子ども時代から誰からも尊重されずに育ってきたこと、不運にも成功体験を経験しないまま思春期を迎えたこと、彼の性格が多分に母親に共通したものがあり、もって生まれた「脆《ぜい》弱性《じゃくせい》」との掛け算によって発症したと考えられました。弟も同じ家庭で育ったものの、器質的な「脆弱性」は彼のほうが大きかったのだと思います。

人は同じようにつらい体験をしても、その後に大きな痕跡《こんせき》を残さない人と後遺症になってしまう人がいるのです。「誰でもつらい経験をしながら、頑張っている」といった励ましがあまり治療的ではないのは、こういった個人の資質の違いがあるからだと考えます。

私は彼には「発病の種」があると捉《とら》え、彼の行動の意味をくみ取ろうと努力しました。彼の行動を批判するのではなく、彼の思いや行動の意味を理解しようと会話を続けていきました。とても過敏な面があったため、少量の抗精神病薬も処方しました。自分が服薬していた頃の経験から、期限を決めた薬の使用は決して害ではなく、「待ったなし」の危機的状況からその人を守るための方法の一つと考えました。

❖

そうしたやりとりが続くうちに、少しずつ彼は心を開くようになり、同時に母親の病気についての私の説明も聞いてくれるようになりました。

高校を中退した彼は、やがて通信制の高校へと通うようになりました。「まだ、人との関わりは自信がないけど、高校だけは卒業しようと思う。週一回の登校なら、僕にもできるかな」。照《て》れくさそうな彼の笑顔を見て、私は以前の自分が「花街の友人」の手を必死で掴《つか》んで、死の淵《ふち》から這《は》い上がった時のことを思い出しました。

その後、彼はアルバイトをするようになりましたが、内気な性格のために短期間でクビになることもたびたびありました。学校生活も、通常なら一年で単位が取れるところを二年かかったりしながらも、高校は辞《や》めずに通っていました。そして、破壊願望を訴えていた彼の言動が少しずつ変わってきたのは、受診から三年が経った頃でした。

❖

ある日、「今まで自分はおかしいと思っていたけど、足《た》りないところがあっただけなんだと思うようになった」「人生、長いんだからゆっくりやればいいと思うようになった」と言って、彼は人づき合いの仕方を学ぼうと、高校が開催するSST（ソーシャルスキルトレーニング：生活技能訓練。社会復帰のための治療技法として考案されたもので、対人行動の改善をめざし、社会への適応性を高め、疾患《しっかん》の再発防止にも役立つとされている）に自《みずか》ら希望して申し込みました。

この行動が彼に大きな変化をもたらしたのです。

SSTには「自分史」を調べる課題がありました。彼は両親が結婚した頃に遡《さかのぼ》って自分の生い立ちを調べました。そして母親が自分を産む前にも娘を出産し、その後すぐに亡くなっていたこと、母親の精神変調が起こったのはその時からだったことがわかりました。子どもを失ったことで母が病気になったことを知って、彼は「少し母のことを許せるようになった」と述《の》べています。

その後の彼は、私の後押しがなくても積極的に行動し始めました。心の重い蓋《ふた》が取れた彼の気持ちが、私には本当によくわかりました。率先《そっせん》して行動する彼を、後から私が「すごいね！　よくやったね！」と認めるだけで回復していきました。

驚いたのは、若者向けの就労支援の合宿に自《みず》ら申し込んで参加してきたことです。あんなにおどおどしていた彼が、ボランティアの大学生に交じって二泊三日の合宿に参加し、自己紹介もこなして交流会まですべて参加したのです。その時にもらったという、色とりどりの交流カードを私に見せに来た彼は、もう初めて病院に来た頃の彼ではありませんでした。

「人が回復するとは、こういうことなんだ」と、精神科医になって三〇年も経ってから、私はやっとわかったような気がします。彼の症状の「意味」や「思い」を丁寧にたどることで、一段そしてまた一段と過去の階段をゆっくりと上っていき、回復へとつながったのだと思います。

彼との出会いはあらためて精神科医としての自身の立ち位置を考え直すきっかけになりました。私の意識の変化は、診療にもはっきり現れてきました。

それまでは、自分と同じ境遇の子どもたちを診察することがあっても、深入りせず「あなた病気の人、私治す人」と距離を置いていました。本当は、その子どものことがかわいそうで心配でならなかったのですが、それ以上立ち入ると自分が壊れてしまうのが怖くて、見て見ぬふりをしていました。待合室に、洗濯もいき届いていない汚れた服を着て、暗い目をした子どもがいるのに気づいていながら、私は自分に与えられた仕事は「その子を救うこと」ではなく、目の前の患者さんの「管理」だけなんだと言い聞かせて、意識的に淡々と診療を続けていました。お一人お一人にお会いして、申し訳ないことをしたと詫《わ》びたい気持ちです。

診察を続けていくとその方の家庭の事情が自然とわかってきます。配偶者《はいぐうしゃ》は患者さんに無関心、あるいは親も年老いて無力で子どもは放ったらかしという、まるで自分の子ども時代の再現のような家庭も見てきました。

やっと今、自身の歩むべき方向がはっきりしてからは、少なくとも逃げずに子どもたちと会うことができるようになりました。精神科医として多くの患者さんを診る側に立った今、人の話を丁寧《ていねい》に聞くことの大切さを心に留め置こうと思います。

第8章

私の結婚

生きる決意

水彩画が仲立ちとなり、私は結婚しました。母と再会して二年後のことです。すみちゃんから「いっちゃん、絵を習ってみたら」と言ってもらわなかったら、同じ病院で働いていたとはいえ、今の夫との縁はなかったと思います。

すみちゃんは私のキューピッドでした。すみちゃんは私の結婚をとても喜んでくれました。長男が生まれると、子どもが大好きなすみちゃんは家に来て、抱っこをしてくれました。

でもその頃、すみちゃんは卵巣《らんそう》がんに罹《かか》っていたのです。がんはかなり進行し、肺にまで転移

していました。妻子ある人との恋を必死の思いで断ち切り、たった一人で再出発を始めた矢先のことでした。

出会ってわずか三年後、すみちゃんは亡くなりました。三六歳でした。

当時、夫がアメリカへ留学することになり、私たちは一家で日本を離れることになったのですが、出発の前、私は何としてもすみちゃんに会っておかなければと思いました。汽車を乗り継ぎ三時間半かけて、すみちゃんのいる病院に着きました。

見舞いに来る人もほとんどいないベッドで、すみちゃんは私に「いっちゃん、遠いところをよく来たねえ」と喜んでくれました。

私は、すみちゃんと二人で過ごした日々を思い出しました。私は病弱だったので、よく倒れて入院したのですが、私のところにはただ一人、すみちゃんだけが見舞いに来てくれました。夏に脱水症状を起こして入院した時には、スイカを抱えてやって来て、二人で仲良く食べたことも今は懐《なつ》かしい思い出です。

❖

私がアメリカへ行った二ヵ月後にすみちゃんは亡くなりました。ある日、病院に国際電話をかけ、すみちゃんの容態を聞くと、看護師さんは「その方はもう亡くなりました」と言いました。その声が今でも忘れられません。電話が切れた後も、私は受話器を持ったままいつまでも泣き続けました。

彼女からもらった最後のエアメールを、私は今も大切に持っています。「子育て大丈夫？　いっちゃんは体が弱いから、子どもの後を追いかけるだけでも大変だよね」と書いてありました。胸水《きょうすい》がたまり、体を起こした状態でいないと息苦しくて、酸素ボンベが離せない状態で書いてくれた手紙です。

私はすみちゃんから、そしてホスピスで私を手招きして話をしてくれた人たちから、死に対して真摯《しんし》に向き合う強さと本当の優しさを教えてもらいました。

❖

三〇歳で自《みずか》ら死を選んだ同僚《どうりょう》の医師、進行がんとわかっても最期《さいご》まで真剣に生きたすみちゃん。私はこの二人の死に、ほんの少しの時間だったけれど関われたことで、あれほど「死」を望んでいた自分の生き方が、大きく変わりました。

いつか自分が最期を迎える時に、私はきっと、すみちゃんの姿を思い出すでしょう。「すみちゃんもできたんだから、自分にもできるはず」と言い聞かせて、いつか来る「その日」を正面から受け止められるよう、「その日」までしっかりと生きていこうと思っています。

夫への告白

結婚を決心した時、母のことを彼にどのように説明しようか、とても悩みました。

『わが家の母はビョーキです』（サンマーク出版、二〇〇八年）という、統合失調症の母親と娘の三四年間の生活を描いたマンガがあります。私が今、このような形で母との生活を語ることができるようになったのも、この本を読んだことがきっかけでした。

作者の中村ユキさんは本の中で、結婚前に夫となる人に母親の病気について伝えることができなかったため、結婚後も後ろめたい気持ちで過ごしたと述べています。私もユキさんと同じ思いで、できれば母のことは知られたくなかったのですが、結婚相手が精神科医だったので、母に会えばすぐにわかってしまうのは明らかだったので、「黙って結婚する」という選択肢《せんたくし》はさすがに持てませんでした。

私には学生時代の苦《にが》い思い出があります。

ある男友達に母のことを話し、「母に死んでほしいと思うこともある」と正直な気持ちをもらしました。すると「君は、ずいぶんドロドロしたものを持っているんだね」と気味悪そうに言われてしまったのです。

これは私にとって、かなりショックなことでした。以後、私は「他人は、人の家のドロドロした事情など聞きたくないのだ」と理解し、自分からは一切《いっさい》、母のことを相談するのを止めました。

ですから、夫となる相手に母の病気を打ち明けた時には、「また同じことを言われるかな」と破談《はだん》も覚悟《かくご》していました。そのせいか、意外と冷静に説明できたような気がしました。

彼はとても驚きましたが、その時は何も言わず、翌日に「怖い面もあるけれどね……」と言ったきり、その後は母のことを話題にしませんでした。

母との対面

結婚することが決まり、二人で一緒に母のところへ報告をしに行きました。「病気だというのはよくわかった」と言ったのが、彼の母についての唯一《ゆいいつ》の感想でした。私の夫となり、母の義理の息子となることへの、彼の覚悟が伝わったように思いました。

母は、私が結婚するつもりだと知ると「私を見捨《みす》てる気か！」と、怒りました。またか、と裏切られたような思いがして、その時はとても悲しかったです。

❖

一生懸命勉強して医学部に合格した時も、母からは「ふん」と鼻であしらわれ、「おめでとう」の一言もありませんでした。今回、私の人生の門出の時にも相変わらず母は、自分のことばかり考えているように思えました。

私は腹が立って、母を怒鳴りたくなったのですが、夫が中に入ってとりなしてくれました。夫は辛抱《しんぼう》強く、母に「僕たちは、決してお母さんを見捨てません」と繰り返し話してくれました。

今思うと、この時のように、家族がみな感情的になってしまっている中に、一人冷静に対処してくれる人が入ることが、どんなに治療的か気づかされました。私も患者さんとその家族のためにそのような働きかけをしたいと、夫への感謝の気持ちを込めつつ診療をしています。

二一年間の誤解

実はこの本を執筆するにあたって、結婚後二一年目にして初めて、私は夫に聞いてみました。「あの時の『怖い』という言葉は、統合失調症という『病気が怖い』という意味だったの？」。

これまでの二一年間の結婚生活では、母の病状が悪化して夫にも迷惑をかけたことがたくさんあったのですが、病気について夫がどのように考えているのか、一度も聞いたことはなかったのです。よく言えば「暗黙《あんもく》の了解」なのかもしれませんが、単に「聞くのが怖かった」ので避けて通ってきたのかもしれませんでした。

夫は私の質問に「お母さんの病気が怖いと言ったのではなく、自分も敏感で弱いところがあるから、支えていけるかなという意味で言ったんだよ」と答えました。

私はその説明を聞くまでの二一年間、ずっと「夫は統合失調症のことを怖いと言ったんだ」と思い込んでいました。夫にそのことをきちんと確認しなかったのは「そう思われても当然だし、仕方がない」と考えていたからです。なぜなら、私自身が「統合失調症は怖い」と思っていたのです。実の娘である私でさえ、母のことを受け入れたくないと思っているのに、たとえ夫となる人であっても、他人が受け入れるはずがないと頭から思い込んでいました。

❖

統合失調症の患者さんを家族に持っている人たちの中には、私と同じような反応をしてしまう方も多いと思います。これまでの患者さんとの感情的なやり取りや、世間から受けるさまざまな評価、偏見《へんけん》がそうさせてしまったのだと思います。母が、再会した時に「お母さんのこと、気持ち悪いかい」と言ったのも、世間のこの病気への偏見がそう言わせたのだと思います。

中村ユキさんは「当事者の病気に対するイメージは、実は病気に対する周囲の反応によって育っていくのではないか」と述べています。私自身、偏見を持って夫の気持ちを先読みしていたのです。このたび執筆する機会を得て、母に対する夫の気持ちを聞けたのは、私にとって、そして家族にとっても、たいへん意味のあることでした。

結婚して二一年も経ってしまいましたが、ユキさんとの出会いがなければ、おそらく一生、私は夫に母のことを聞かずに過ごしていたと思います。

❖

こうして私たちは結婚しました。私は三四歳、夫は三六歳。少し遅めの人生の門出《かどで》でした。結婚式には、父と義母が出席してくれました。相続放棄の件以来、何年も会っていなかったのですが、結婚の報告には二人も喜んでくれ、式にも出席してくれたことは、とても嬉しかったです。残念ながら、北海道にいる母には、私の花嫁姿を実際に見せてあげることはできませんでした。

そしてこの結婚式からわずか一年後に、父が食道がんで亡くなったのです。六二歳でした。お互いに傷つき、傷つけあった親子でしたが、父に私の花嫁姿を見せることができて本当に良かったと思います。父の亡くなる直前、長男の誕生も報告できました。

今では、私が医師になれたのは、父と義母の物心両面の支えあってこそだと感謝しています。

子育て

その後、次男も生まれ、私が子どものころから願ってやまなかった「賑《にぎ》やかな家庭」を手に入れることができました。こんな幸せが来るとは今でも夢のようです。

出産後は、不安だらけの子育てでした。私には帰る実家はありません。北海道まで母に孫を見せに行きましたが、子育てまでは頼れる状態ではありません。夫の母親も、夫が結婚前に亡くなっていました。

このような事情もあり、私たち夫婦二人だけで必死に子育てをしました。夫の協力は世の父親の鏡と言って良いくらいのものでした。若いお母さん方は「頼る場所があるのは当然」と思わないでください。そういう環境がある幸せを大切にしてほしいです。

❖

母の病気の遺伝《いでん》を不安に思う私に、夫は「大丈夫！　大事に育てればいい子に育つ」と、何度も言ってくれました。その言葉だけを頼りに、私は余計なことは考えないようにして一生懸命、二人の子どもを育てました。

自分みたいな親のところに生まれて来てくれた子どもたちが、心からいとおしかったです。あの時、もし死んでしまっていたら、今目の前にいる子どもたちも存在しなかったと思うと、生きていて良かったとつくづく思いました。

自分へのご褒美《ほうび》

私の外来には主婦の方が多くいらっしゃいます。彼女たちの訴《うった》えで多いのは、「私は毎日、家事とパートと子育てで休みもなく働いているのに、みんな『ありがとう』の一言《こと》さえ言ってくれない。夫は休日になると自分一人で釣《つ》りやパチンコへ行ってしまう。私は、働くだけの女中《じょちゅう》なのか！」。

これはほんの一例ですが、彼女たちの憤りは一気に噴《ふ》き出し、育児に協力的でない夫に対してイライラして仕方がないと言うのです。みなさんも共感できるところがたくさんあるのではないでしょうか。

日本の亭主族《ていしゅ》は、「女房を褒《ほ》める能力」が先天的に欠けているような気がします。わが夫も

「ご多分にもれず」です。でも、夫を教育するには気が遠くなるようなエネルギーが必要となるので、それはあまり現実的な解決にはならなさそうです。

以前から私は、子育てにひと区切りついたら、自分だけのために時間を使って何かを始めようと考えていました。私はメーキャップの学校へ通い始めました。母に似ず、不器用《ぶきよう》な私は「化《け》粧《しょう》」といっても口紅をつける程度しかできなかったので、自分が一番苦手なことに挑戦することにしました。

いざ習ってみると、「たかが化粧と侮《あなど》るなかれ」と驚きの連続でした。まず、顔の骨格についての勉強です。なぜ、ここにアイシャドーを塗《ぬ》り、ここにチークをおくのか、きちんと理屈《りくつ》があることがわかりました。講師の先生が「落ち込んでいる人は眉《まゆ》がだんだん下がってくる」と言うのを聞いて、さらにびっくりしました。いつかメーキャップセラピーができたらと思っています。

次に、私は着物の着付けを習い始めました。お恥《は》ずかしい話ですが、私は蝶々《ちょうちょう》結びができるようになったのは大学生になってからです。私の不器用は重症で、運転免許の試験にも落ち、自転車にも乗れないので、三輪自転車で買い物に行っています。そんな私が、着物を自分で着られるようになったら「奇跡《きせき》」だと思ったのです。まともな躾《しつけ》を受けないで育ったという劣等感が何歳になっても抜けていなかったことも、理由の一つでした。

私が偶然、門をたたいた着付け教室は八〇歳のおばあさんが教えていました。あまりに高齢のためか、生徒が次々と辞《や》めていき、入門して一年経った頃には、とうとう生徒は私だけになりました。

先生と二人だけの、着物に囲まれて過ごした日はとても楽しかったです。

ある晴れた秋の日、色とりどりの絹《きぬ》の布に囲まれながら、先生の隣に座って半襟《はんえり》の縫《ぬ》い方を教わっていたら、隣に母がいるような感覚になりました。柔《やわ》らかな秋の陽が部屋に差し込んで、穏《おだ》やかな午後でした。私の心も穏やかになって「もうこれで十分」と思いました。親子の疑似《ぎじ》体験をしたのだと思います。

私は、人にはどんなに望んでも手に入らない人生もあるのだと、運命を受け入れるしかないと思っています。でも、自分に手をかけてあげることで少しでも心が落ち着くならば、それに代わる人生に納得ができるのだと思いました。

私にとって、幸せな子供時代は「自分の人生にはないもの」とあきらめようと思います。でも、それは決してマイナス思考ではないのです。「私は私」と思うことができる「何か」を見つけることが大切だと思っています。

第9章 母の晩年

突然の別れ

私との再会後、母は七八歳で亡くなるまで穏《おだ》やかな晩年《ばんねん》を過ごしました。母は亡くなる一年ほど前から俳句を始めたのですが、何事にも没頭《ぼっとう》する人だったので、不眠不休で何万句も詠《よ》んだために、ある日、過労で倒れてしまいました。

私の診察中に病院から電話があり、駆《か》けつけた時にはすでに母は病院の霊安室《れいあんしつ》のベッドに横たわっていました。看病する暇《ひま》もなく、唐突《とうとつ》な別れでしたが、病院が大嫌いな人だったので、入院しないですんだのは母にとっては良かったのではないかと今では思っています。

以前、母の主治医に初めて面会した時、「これからは娘さんが主治医ですね」と言われたものの、最期《さいご》まで母にとって私は「医者」ではなく、あくまで「娘」でした。良い意味でも悪い意味でも、母は亡くなるまで私の意見を聞き入れませんでした。

❖

私にとって心残りなのは、一〇年ぶりに再会した時、「お母さんのこと、気持ち悪いかい」と聞いてきた母の言葉に、「違うよ」と答えてあげることができなかったことです。いつかきちんと答えようと思っているうちに、母は亡くなってしまいました。

でも、もしかしたら母にとっては、そんなことはどうでもよかったのかもしれません。母には、「親子の情」よりももっと激しく、凄《すさ》まじいばかりの「言葉」への情熱があったからです。

芸術と狂気は紙一重

母の死後、遺品《いひん》を整理していると、母の作った句集が出てきました。母は全部で五冊もの句集をわずか一年二ヵ月の間に出していました。それは、俳句で有名な大手出版社から刊行されてい

ました。

晩年、母は緑内障《りょくないしょう》に罹《かか》り、ほとんど目が見えなくなってしまいました。俳句は、季語をきちんと覚えなくては作れません。目が見えない母は、膨大《ぼうだい》な数の季語をテープに吹き込んだものを聞いて、すべて覚えていました。私は子どもの頃、母が本ばかり読んでいたのを思い出しました。

当時、母が寝ずに俳句のことを考えていた状態は、「観念奔逸《かんねんほんいつ》」という躁《そう》状態の症状と診断されたかもしれません。でも、この頃の母は確かに生き生きとしていました。若い頃から「作家になりたい」という夢を持っていたので、自分の作品が本になったことで、七八年間の母の生涯で最も輝いていた時間だったように私には映《うつ》るのです。

「鬼の部屋　外から覗く　花曇り」（第三句集『鬼女の部屋』より）

私はこの句を読んで、母には常人《じょうじん》とはまったく違った発想や物の見方があったんだと気づきました。しかし、それは決して「狂気」と呼ばれるものとは違うと思います。きっと、発達障害のある人たちが、その人の「個性」を生かせる環境に身を置くことができるならば、「障害」という言葉は必要ではないという考え方にも通じるものだと思います。

母には、私たち常人の理解を超えた「言葉に対する探究心」がありました。七八歳にして、このエネルギーはどこからきたのでしょうか。母は寝食《しんしょく》を忘れて俳句作りに没頭《ぼっとう》しました。

そのため、私が孫を連れて会いに行くと言っても「俳句を考えるのに忙しいから、会っている暇《ひま》はない」と一喝《いっかつ》されました。

私は「来なくていい」と言う母の返事を聞いて、「やっぱり冷たい人だなあ」と寂しく思ったものです。でも、今このようにして母を振り返るうちに、母は精神を病むという過酷《かこく》な状況下にあっても、自尊心《じそんしん》を保ち、子どもに頼らずきちんと自立して生きたのだと思うようになりました。

最期《さいご》まで誇り高く

母は、居間で倒れているところを訪問看護の方に発見されました。母は文字通り「筆《ふで》を持ったまま」の姿だったそうです。母がお世話になったお礼を言いに、かかりつけの内科医のところに行くと、「あんな生活をしていれば、いつ突然死してもおかしくないと本人にも言ったんですがねえ」と残念そうでした。

亡くなる一週間前、虫の知らせだったのでしょうか、珍《めずら》しく母から電話がありました。「お母さんは孤独死《こどくし》すると思う」と電話口で話す母に、「縁起《えんぎ》でもない」と私は怒ったのですが、母は「孤独死」という言葉を少しの悲惨《ひさん》さもなく言いました。

実は、花街の人の介添《かいぞ》えで十年ぶりに母と再会した時、私は母と一緒に暮らすつもりでした。その覚悟を持って、母とは会ったのです。

しかし、彼女はひと目母を見て、絶対一緒に暮らしてはいけないと、私を強く説得しました。その上「あなたは、このお母さんのもとでは一生結婚できないよ。相手は、お母さんを見た途端《とたん》に逃げ出すよ。幸せになりたいなら、お母さんとはときどき会うだけにして、義理の母親をお母さんと思うべきだ」と諭され、「あなたのお母さんのことだから、いくら病気だといっても、もう少し良い状態かと思っていた」と、母の様子を見て驚いていました。

彼女の言葉は私を落ち込ませ、この先の不安を煽《あお》ることになりました。

彼女の言うことは、合理的に考えれば間違っていないのかもしれません。実際、義母は婚期の遅れた私に気を遣《つか》って、いくつも見合い話を持ってきてくれていたのです。

でも、私は実の親を見捨てて自分が幸せになれるとは思えませんでした。もしそう思えていたなら、過去の二回の自殺未遂は必要なかったはずなのです。

私が「花街の人」と縁を切ったのは、お金のやりとりだけが原因ではありませんでした。母のことが重荷《おもに》であったはずなのに、そこまではっきり言われると悲しくなり、腹が立ったのです。

「たかが親、されど親」だと思います。血のつながりの濃さを思い知りました。


きっと今、親を取るために自分の人生を犠牲にするか、親を見捨《す》てて自分だけ幸せになるのか、二つに一つの選択に苦しんでいる方がたくさんいると思います。精神疾患だけに限らず、介護うつで自殺されるご家族が多く存在するのは、「できない選択」を迫られてしまうからです。

私は考えに考えた結果、「同居はしないでも義母を母と思って見合い話に飛びつくこともしない」という選択をしました。一緒に暮らさなくても、母ときちんと向き合って、自分にできることは何でもやろうと決心したのです。

介護サービスの苦情も、たとえ診察中であっても取り次いでもらうようにしました。母の尋《じん》常《じょう》ではない行動を理解してもらうよう、一生懸命説明しました。

❖

私は、家族が犠牲になるべきだという風潮がある限り、精神疾患に対する偏見は消えないと思います。「お母さんを見たら、どんな相手も逃げていく」と言った花街の人の言葉が、世間の偏見を象徴的に表しています。

でも、私は結婚しました。世の中には、逃げていく人ばかりではないことを、これから人生の本番を迎える人たちにわかってほしいです。

同居しない選択をしたため、母は孤独死しました。でも、今の私は後悔はしていません。患者さんもハッピーになり、ご家族も自分の人生をあきらめない道をみんなで考えていきましょう。

三六歳で亡くなった「すみちゃん」も、昭和の時代に「在日韓国人」として生きていくには、きっと私には言えない苦労がたくさんあったと思います。高校を中退してOLになったすみちゃんは、国籍と学歴の壁《かべ》のため、何度も職を変えたことを少しだけ私に話してくれたことがありました。私が彼女に惹《ひ》かれ、彼女の言葉に素直に耳を貸すことができたのは、そういったハンデを持ちながらも彼女が誇り高かったからです。

❖

母も、晩年は芸術家として誇り高く生き抜いたと思います。

私は、そんな母の生き方をとても真似《まね》できないと思っています。あの極寒《ごっかん》の北の地で、夫にも子どもにも見放され、頼りの親もいなくなった中で、俳句の世界を追究しようとした母は私に「人間としての尊厳」を突《つ》きつけてきました。私は母の生きた世界を通して、我われ精神科医が深い考察もせずに扱っている「狂気」とは一体何だろうと、これからも問い続けていこうと思います。

精神の病いを得ても、その人の生に何らかの意味を見つけることができるならば、ともに暮らす家族にとっては救いともなることを、私は母を通して学ぶことができました。

終章

私を変えたマンガの力《パワー》

診療所の開業

身内だけの葬儀《そうぎ》をひっそりと終え、私はときどき句集を読みながら母の人生を考える日々が続きました。

時を同じくして、私たち夫婦は診療所を開業しました。どんなに一生懸命患者さんを診ても、勤務医である限り、診療体制の大きな変革はできないと考えたからです。その頃、私が勤務していた病院は民間の精神科病院でした。現在の民間精神科病院も、母の発病した時代と大きくは変わっていません。患者さんの尊厳を重んじるという雰囲気などほとんどなく、「収容」という言

葉が頭をよぎるようなところでした。

私は、大学の医局員時代にターミナルケアとともに児童精神医学についても少し関わっていました。児童精神科に興味がわき、勤務先の院長の許可を得てプレイルームを作り、子どもを専門に診る体制にしたのですが、いくら待てども患者さんは一人も来ませんでした。地域の人に聞いてみると、私のいた病院は「子どもの時、悪いことをしたら入れてしまうぞ！」と親から言われていたところだそうで、こんなイメージのままでは誰も来ないはずだと悔しく思いました。

そこで、昔ながらの精神科病院の中で自分たちがやりたい医療を行うことの限界を感じ、夫と二人で一大決心をして開業することにしました。

❖

ゆったりとした雰囲気で、なおかつ入院もできる診療所にしたいと考え、一九床の有床診療所を作りました。しかし、診療所の前が小学校の通学路だったことが住民の不安を招《まね》いたのか、開業にあたって周囲の住民から猛《もう》反対を受けてしまいました。

公民館で説明会を開き、住民の方々に理解を求めたのですが、悲しかったのは「入院患者にはひと目でそれとわかる印《しるし》をつけろ」と言われたことでした。すでに入院を申し込んでいた患者さんの中には、中学生もいました。もし彼らがこの言葉を聞いたら、どんな気持ちになるだろうかと思うと、とても悔しかったです。今、反対運動をしている人たちの子どもも、いつ不登校やうつ病になるかもしれないのに……と内心では言いたい気持ちでいっぱいでした。

その後も住民の方々にはひたすら頭を下げ、向かいの住宅の窓にスクリーンを張ったり、患者さんの姿が見えにくいように、入り口に大型の木製遊具を置く工夫などをして、やっと開院にこぎつけました。

❖

こうした住民の反対の声に憤《いきどお》りを感じながら、私は自身の心の矛盾《むじゅん》を抱えていました。住民の反対は精神疾患への偏見によるものです。なぜ「精神疾患＝危険」という図式が抜けないのでしょう。

一方で、私は自身へ問いかけました。自分の母親も精神疾患であったことは伏《ふ》せておきながら、住民のことを非難できるのかという葛藤《かっとう》がありました。

結局、この葛藤を解決する手立ても相談する人も見つからず、いつものように「母のことは別にして」淡々《たんたん》と、日々の外来診療を続けていました。

ごまかせない気持ち

そんなある日、私は新聞広告欄《らん》に釘付《くぎづ》けになりました。中村ユキさんのマンガ『わが家の母はビョーキです』との出会いでした。母の死から二年が経《た》っていました。

この時の驚きは、今でもはっきりと覚えています。それまでにも何度か、統合失調症に関しての啓発本や当事者による文章を手に取ったことがありました。しかし、私はそれらを一切《いっさい》読もうとは思いませんでした。私は、社会的には精神科医として存在していたものの、母と一〇年ぶりの再会を果たした後も、患者の子どもであった過去は公《おおやけ》にはしていませんでした。

「話すことが怖かった」というのが本音です。もし母のことを公表したら、精神科医としての自分の地位や評判が落ちるのではないか、患者さんが来てくれなくなるのではないか、という恐怖と、かろうじて保っている「自身の心の蓋《ふた》をあけてしまう不安」がありました。

外来では、統合失調症の患者さんのご家族に「病気を受け入れましょう」と言っておきながら、内心その言葉は「きれいごと」にしか過ぎないと思っていました。この病気の怖さや、この病気を持つ人と生活をともにすることの苦痛は、実体験としてよくわかっていたからです。そして何よりも、私自身が母の病気を受け入れていなかったのです。他人の目はごまかせても、自分の心はごまかせません。三〇年間、精神科医をやってきてもどこか自分に自信が持てなかったのは、この「どうしようもない現実」があったからでした。

❖

ユキさんのマンガは、私のそんな感情を一気に突き抜けて心に飛び込んできました。それはきっと「マンガ」の持つパワーなのだろうと思います。マンガの表紙には、ユキさんとともにお母さんとユキさんの旦那《だんな》様が描かれていました。本を開くための「勇気」も「決意」もまったく必要ではありませんでした。ただ「そこ」に存在しているマンガが、何十年も隠《かく》してきた私自身の思いをストレートに表していました。ユキさんのお母さんの悲しそうな顔が、母の顔と重なりました。

私のグラン・ジュテ

私はユキさんのマンガを一気に読んで、母が発病して以来の四四年間分の涙を流しました。同じ思いの人がいることを知った私は、どうしようもなく大きな力で動かされたような気がします。そしてすぐに編集部へ手紙を出し、なんとユキさんとの面会が実現しました。

初めてお会いしたにもかかわらず、六時間近くもユキさんと語り合うことができました。そして、長年私の心の中で封印《ふういん》していた感情が一つひとつ整理されていきました。母のことをどう思われるだろうかと神経を使うことなく、こんなに何もかも自由に話ができたのは、私の五四年間の人生で初めてのことでした。「語ること」が精神療法の原点だと、今さらながら身をもって実感しました。

この瞬間が、私のグラン・ジュテでした。

グラン・ジュテは、バレエ用語で「跳躍《ちょうやく》」という意味です。

私は、人には誰でも必ずグラン・ジュテがあると思っています。花街の人、すみちゃん、柏木哲夫先生、そして夫と、幾人《いくにん》もの方々の手を借りて助走をしながらユキさんのマンガに出会って、私も「跳躍」したのです。

人生の大きな階段を「跳躍」した私は、とても元気になりました。そして、これから自分がやるべきこと、やりたいことが、はっきりと見えてきたのです。迷いや葛藤《かっとう》から、数十年ぶりに解放されました。

人生にムダはない

人はどんな過酷《かこく》な経験でも、それを乗り越えることができたなら「人生にムダはない」と思えるのだと思います。これから人生の本番を迎える人たちは、まだこのことの意味はよくわからないかもしれません。そして、すでに人生の後半にさしかかっていて「すべてがムダだった」と思い込んでいる人たちにもこのことをあらためて考えてもらいたいと思います。それは決して「成功」という結果を出せなければいけないわけではないのです。

みなさんの中には、「あなたは医者になれたから、そんなことが言えるんだ」と思う方もいるでしょう。実際、外来の患者さんからもそう言われたことがあります。

私の診療所の外来に来る人のほとんどは、ごく普通の主婦やサラリーマンです。その方たちが回復するにつれて「人生にムダはないんですねえ」と、しみじみ言われます。診察を受けるきっかけとなった不眠やイライラなどの不快な症状でさえも、自分の人生を変えるためには〝意味〟があったのだと気づけるのです。それが「人が回復する」ということだと思います。

意味を見つけるには時間もかかるし、タイミングも重要です。ましてや人から無理におしつけられるものでもありません。

ムダな時間を本人も周囲も待てるような世の中であってほしいです。また「不幸な過去は変えられないが、未来は変えることができる」と思えるような世の中になってほしいと思います。

❖

私は、ユキさんがマンガによって統合失調症への理解を世間に訴えたように、自分の経験を精神科医の立場で発信していこうと決心しました。そうすることが、「偏見」という呪縛《じゅばく》に苦しんでいた私の心を開いてくれたユキさんとユキさんのお母さんや助走を手伝ってくれた幾人ものたちへのお礼だと思ったからです。

同じような境遇にいる子どもたちへ「幸せになってほしい」「その人のグラン・ジュテを迎えてほしい」との願いを込めて、私は臆《おく》することなく母のことを話すようになりました。感謝の心は人にエネルギーを与えてくれます。感謝して話すたびに、私は元気になっていきました。

人はいつだって変われる！

私の気持ちの変化は、他の人にもはっきりわかるほどになりました。

数年前に私の講演を聞いていた人から、「あの時の人とは別人かと思った」と言われました。「以前の先生は、冷たくて近寄りがたい印象だった。でも、今日の先生は明るくて優しい先生になった」。この言葉ほど私が嬉しかった言葉はありません。

二〇代の頃の私は、よく熱を出していました。体がいつもだるく、病気なんじゃないかといつも不安でした。出かける際には「帰る時まで体力がもつだろうか」と常に心配でした。

でも、今はとても元気です。仕事や家事が山のようにあって大変ですが、いろいろなことができるようになった喜びのほうが大きくて、毎日が感謝の連続です。

ユキさんからも、「初めて会った時の先生は、線が細くて今にも消えてしまいそうな儚《はかな》げな印象だったけれど、今の先生は明るくて頼もしくてオーラがあって、別人のようで驚きました」と言われました。

人はいくつになっても「跳躍」して、変わることができるんだと実感しました。

そして、いつも「明日はないかもしれない」と思って生きています。もうこの世にはいない母やすみちゃんに対して「もっと〜してあげたかった」と後悔してばかりいるので、これからは「今できること」を誠実にやろうと思うようになったのです。

❖

私を変えたのは、難しい医学の専門書ではなく、マンガの力でした。私はこれから多くの人へ統合失調症についての理解を求めていきたいと思います。そして、我われ医療者はその伝達と啓発の手段として、さまざまなメディアを利用していく柔軟性《じゅうなんせい》や度量の広さを持たねばならないと考えます。前例にとらわれていては、物事は進まないのです。

統合失調症は一〇代の若者が発症することが多い疾患です。若者の手に届きやすい伝達手段を考えていかないと、医療関係者や世間一般の精神疾患に対するイメージは変えられません。ユキさんが『マンガでわかる！　統合失調症』（日本評論社、二〇一一年）を出版したことは、精神疾患に関心を持つ若者のすそ野を広げると思います。

医療者へ伝えたいこと

私は精神科医だから回復できたわけではありません。

私を回復へと導《みちび》いてくれた人たちは、精神科の専門家ではありません。「診察」や「薬」という手段を使わずに、私を治してくれたのです。

医学は日々進歩しており、あたかも「科学」によってたちどころに治るかのような錯覚を、医師も当事者も家族も持ってしまいがちです。そうであるならば、私は大学病院の精神科医局に身を置き、手厚い治療と山のように処方された薬で、わざわざ友人の手を借りなくても、とっくに治っていたはずなのです。

人が人との関係によって受けた心の傷は、人が介在して治癒《ちゆ》するものだと思います。そこには丁寧な言葉のやりとりや、「人をトータルに観察する」という地道な努力が不可欠です。

私は偏差値の高い学生ばかりが医学部に合格する現状を、とても危惧《きぐ》しています。そういった学生は、学力を維持するために、勉強以外のことは一切できなくなりがちです。進学校では、部活動を禁止しているところも多いと聞きます。人を観察する眼を持つには、学力以上に多くの人との「かかわり」が必要です。

また成功体験だけではなく、挫折《ざせつ》体験を味わってこそ、病者の痛みのわかる医療者になれるのではないかと思います。青年期に人とのかかわりが乏《とぼ》しく、ペーパーテストの結果だけで成功体験を積み上げた人が、果たして病者の葛藤に共感できるのでしょうか。さらに言えば、人に頭を下げたことのない人が医師になるから「上から目線」の診察になるのです。そこには、患者さんから学ぶという視点は一切ありません。

❖

私が典型的な見本です。大人になってから人との適切なつき合い方を学ぶことは、医学部受験よりも大変でした。医学部の入試方法そのものを変える必要があるのではないでしょうか。

患者さんとの向き合い方

もう一つ、精神を病んだ家族と暮らした者として医療者に訴えたいのは、患者さんを「可哀《かわい》そうな人」と捉《とら》えてほしくないということです。

私は母の生きざまを見て、一方的に同情するのは我々の傲慢《ごうまん》ではないのかと考えるようになりました。母は「精神の病いを抱え、孤独に死んでいった人」ではありましたが、今の私は母を可哀そうだとは思っていません。母は、「病気になる前の母」に戻ることはありませんでした。しかし、母はきっと「自分の人生には、意味があった」と思って亡くなったと思います。人を寄せつけず、最期《さいご》までペンを握って俳句を書き続けた母の人生の幕引きは、他人から見れば単なる「孤独死」だったと映《うつ》るかもしれません。でも母の人生は、自分を貫《つらぬ》くための覚悟の上のものだったと思うのです。

患者さんの激しい行動をすべて「再発」「悪化」と捉え、当事者のチャレンジを制限するのではなく、症状には意味があると捉え、患者の希望に耳を傾ける必要性を医療者やご家族にも繰り返し訴え続けていきたいと思います。

私が母のことや自身の自殺未遂を公表したことを、かつての上司が「医師とは、何があっても患者さんから頼られる、強い存在であるべきだ。医者の弱さを患者さんに見せる行為を私は許さない」と批判しました。医療者が患者よりも強い人間であるという前提は果《は》たして正しいことなのでしょうか。患者さんを「弱い存在」であるという見方が「上から目線」を引き起こしているとも言えるのではないでしょうか。

私も、母の人生を振り返るまではかつての上司と同じ考え方をしていました。

医療者も家族も患者さんが「もとに戻らない」ことを「敗北」であると解釈してしまいがちだと思います。かつて、癌《がん》の告知をためらっていた時代には、「死は医者にとって敗北である」という考え方が背景にあったことにも通じると思います。

医師もまずは一人の人間として「人と関わる」のであるならば、患者さんをその「病い」も含めて尊重すべきだと思います。

❖

本来、当たり前のことなはずなのですが、診療は患者さんに対して敬意をもって行うべきものであることを忘れてはなりません。このことは常に自分にも言い聞かせ、そしてこれから医療に従事する次の世代の人たちにも伝えたいと思います。

私は、母のことや自身の自殺未遂を公表することで、いろいろな意見が出ることは覚悟していました。私が意外だったのは、批判された時の自分の反応でした。以前の自分なら、すぐに落ち込んでしまい、「もう二度と発表などしない」とすぐに方向転換していたと思うのです。

でも、今の私はこの批判を聞いて、怒りを覚えました。「あなた自身も、あなたのお身内も、いいえ日本中の誰もが心の病いになるかもしれないのですよ」と言いたくなりました。病気になったのは特別なことではなく、本人がとても厳しい環境に置かれ、それをうまく修正できるような事態になかなか恵まれなかっただけなのに……。なぜ同じ人間として、同じ土俵で考えられないのかと憤《いきどお》りを禁《きん》じ得《え》ませんでした。

「上から目線」の診療を、まずは医師の世界から変えなければいけない。私はますます元気で活動しようと思いました。

私を怒らせてくれた上司にも「感謝」です。「感謝」の心は、人にエネルギーを与えてくれるのです。

三〇年前の「私」との再会

私は各地で自身の体験を語るようになりました。

ある日、偶然《ぐうぜん》にも私が二回目の自殺未遂をした病院の近くでの講演依頼がありました。私は三〇年ぶりに毎日、通勤のために乗り降りしていた懐かしい駅舎に立ち寄りました。ふと振り返ると、階段の下で三〇年前の「私」がしょんぼりと座っていました。不安で心細くて、一分一秒でも生きていたくない、と思い続けていた「私」がいました。

あの頃の「私」は、あんなに小さくて弱々しかったんだと、切なくなりました。そして、しょんぼりと座っている「私」に声をかけました。

「大丈夫！　今はつらいだろうけれど、きっと『人生って素晴らしい！』って思える時がくるから。頑張れ！」

心の中で、私は何度も何度も叫んでいました。

今、本当に心から「人生って素晴らしい！」「生きるって素晴らしい！」と言い切れる自分がいます。その声を、全国にいるかつての「私」のようなあなたに力いっぱい届けたいです。
今、生きているのがつらくて苦しくてしようがない「あなた」へ、自分を産んだ親への割り切れない気持ちを持て余して、自分のことを捨てたくなっている「あなた」へ。

どうか、この声が届きますように――。

もう一度、大きな声で叫びます。
「人生って、素晴らしい」――私は、言えるようになりました。
だから「あなた」も、前を向いて歩んでください。

あとがき――「人生って素晴らしい」と言えるようになるまで

最後まで読んでくださったみなさん、ありがとうございます。

これは精神を病んだ人と暮らす家族の思いと、病いと闘いながらも誇り高く生き抜いた一人の女性の物語です。お読みになってくださった方は、もう一つの物語があると気づかれたと思います。それは私自身の回復の物語です。

読んでいただいたみなさんが、どんなに過酷《かこく》な状況にあっても一つひとつ、丁寧《ていねい》に「手当て」されていけば、人は回復するということが伝われば嬉しいです。

この本を執筆するには勇気が必要でした。中村ユキさんや日本評論社の森美智代さん、そして全国にいらっしゃる、現在も親との葛藤《かっとう》や人生の挫折《ざせつ》と闘っているみなさんの存在が、私を後押《あとお》ししてくれました。

特に担当編集者の森さんは、私のグラン・ジュテに手を貸してくれたもう一人の人です。第9章で母の晩年を描きましたが、ユキさんと出会った後も、母のことは「孤独死した可哀そうな人」という存在でした。母の病いを公表したことで自分の気持ちの整理はできたものの、母はやはり「病人」としか私には映っていませんでした。

ある日、原稿執筆の打ち合わせをしていた時、私が愚痴《ぐち》のように「母は私が孫《まご》を見せに行くと言っても、忙しいから来なくていいという人だったんですよ」と言ったところ、森さんが実に嬉しそうな顔をしたのです。

私は、母の病気の一面を訴えたいのと、実は子どもとして「最後まで、寂しかった」という気持ちも訴えたかったのです。それなのに、どうして森さんはニコニコしているんだろうと不思議でした。そして「素晴らしいじゃないですか。お母さんは、立派に自立していたんですよ」と言われ、まさに目からうろこの瞬間でした。まったく、思ってもいなかった考え方に私は出会った気がしました。

母は、精神障碍者年金をもらって生活していた人です。その人を「立派に自立した人」と評してくれる人に初めて会いました。

私たち家族は、病者のひどい状態をさんざん見てきたがために、良い面は過小評価してしまうようです。本人が何か始めようとすると「また、面倒《めんどう》くさいことになるのでは」とすぐに考えがちです。

でも、たとえ病気があったとしても、希望や目標を持ち続ける存在であることを、身近な家族こそが信じてあげなければいけない、いつまでも「子ども扱い」をしていてはいけないのだと考えさせられました。

このことは、精神科医としての私にも大きな変化を与えたと思います。

本文中の事例の少年も、きっとこのような気持ちの変化を体験したのだと思います。彼は、自分史を調べるまでは「病気の母の子ども」としての自分の感情だけで考えていたのが、「母自身の人生」という観点から考えることで、今までの恨《うら》みや葛藤《かっとう》から解放されたのだと思います。

長年、固定してしまった考えを修正することは、本人だけでは到底《とうてい》不可能だと思います。彼も私も、他者の力を借りて「目からうろこが落ちる」ごとく、発想の転換ができました。

過去は変えることはできないけれど、考え方を変えれば運命は変わるのだと実感しました。母から生まれた自分なのですから、その母を尊敬の念を持って考えられるようになったことは、私自身の運命を変えることにもなるのです。

私がこうやって考え方を変えることができたことが、現在、悩み葛藤している方の参考になれば嬉しいです。

人が回復するのに、締め切り《しき》はありません。私は、中村ユキさんのマンガによって、五四歳で「跳躍」できました。

みなさんそれぞれの「グラン・ジュテ」を心の中で描いて、筆を置きます。

「過去圧し　未来へと伸ぶ　春の雲」（母の遺稿集『氷下魚立つ』より）

二〇一二年六月

夏苅郁子

夏苅郁子（なつかり・いくこ）

1954年　北海道札幌市生まれ

浜松医科大学医学部卒業後、同精神科助手、共立菊川病院、神経科浜松病院を経て、2000年にやきつべの径診療所を開業

児童精神科医、医学博士、精神保健指定医、日本精神神経学会専門医、日本児童青年精神医学会認定医、日本夜尿症学会会員

単著『もうひとつの「心病む母が遺してくれたもの」』日本評論社（2014年）
　　『人は、人を浴びて人になる』ライフサイエンス出版（2017年）

共著『日本のターミナル・ケア』誠信書房（1984年）
　　『ターミナルケア医学』医学書院（1989年）

論文「末期癌患者の心理過程についての臨床精神医学的研究」精神神経学雑誌、86巻10号（学位論文）
　　「『人が回復する』ということ」精神神経学雑誌、113巻9号

共訳『認知療法入門』星和書店（1989年）
　　『いやな気分よ さようなら』増補改訂第２版、星和書店（2004年）

心《こころ》病《や》む母が遺《のこ》してくれたもの
――精神科医の回復への道のり

2012年８月25日　第１版第１刷発行
2018年５月25日　第１版第８刷発行

著　者――夏苅郁子
発行者――串崎　浩
発行所――株式会社 日本評論社
　　〒170-8474 東京都豊島区南大塚3-12-4
　　電話 03-3987-8621（販売）-8598（編集） 振替 00100-3-16
印刷所――港北出版印刷株式会社
製本所――株式会社難波製本
装　幀――銀山宏子（スタジオ・シープ）
検印省略

ISBN 978-4-535-58636-9　Printed in Japan